AF191162

FSC
www.fsc.org

MIX

Papier aus ver-
antwortungsvollen
Quellen
Paper from
responsible sources

FSC® C105338

Isabel Kobus

Comedy im Dying Deer

Liebesgeschichten aus der digitalen Zeit

Bibliographische Information der Deutschen Nationalbibliothek: Die Deutsche Nationalbibliothek verzeichnet diese Publikation in der Deutschen Nationalbibliographie; detaillierte bibliographische Daten sind im Internet über dnb.dnb.de abrufbar.

© 2024 Isabel Kobus

Umschlaggestaltung und Foto: Isabel Kobus

Verlag: BoD · Books on Demand GmbH,
In de Tarpen 42, 22848 Norderstedt
Druck: Libri Plureos GmbH, Friedensallee 273,
22763 Hamburg

ISBN: 978-3-7693-0599-9

Inhalt

I

Fehler machen ist menschlich,
aber für ein richtiges Desaster
braucht man einen Computer.

Unbekannter Autor

Gloria

I

Sie heißt Gloria und berät mich beim Dating. Sie ist jetzt meine Freundin. Sagt sie zumindest. Ihre Stimme schnarrt irgendwie, und sie meinte, ich dürfe mir eine neue Stimme in die App laden, das sei das erste Vierteljahr gratis und koste dann nur 6,99 pro Monat, aber was solls, bei realen Freundinnen kann ich mir ja auch nicht die Stimme aussuchen.

Allerdings beraten mich reale Freundinnen nicht mehr beim Dating, denn in ihren Augen mache ich alles falsch, was frau falsch machen kann, was zur Folge hat, dass ich nur Typen kennenlerne, die zwar irgendwie sexy sind, dies aber durchgehend kompensieren durch gentlemanunlikes Verhalten, maßlosen Alkoholkonsum sowie die völlige Abwesenheit finanzieller Vorräte.

Also ist Gloria meine letzte Chance, auch wenn ich ihr nicht völlig vertraue, schließlich ist sie das Produkt eines Konzerns, der dank dem Auswerten massentauglicher Verhaltensweisen seine finanziellen Vorräte in schier unbegreifliche Höhen getrieben hat. Doch sie hat, das muss man ihr lassen, viel Mühe in die Überarbeitung meines Online-Profils investiert sowie in ein 35-minütiges Gratis-Coaching „Wie optimiere ich meinen Männergeschmack", und jetzt hat sie den perfekten Partner für mich gefunden.

Ich gucke das Foto an. Sieht irgendwie spießig aus, der Typ.

„Hat er Tattoos?", frage ich.

„Wir haben uns in meinem Coaching darauf geeinigt Merkmale auszuschließen", sagt Gloria, „welche auf gentlemanunlikes Verhalten, Alkoholabusus oder Insolvenz hinweisen, dazu gehören statistisch gesehen auch Tätowierungen."

„Na gut", sage ich, „und was macht der Mann beruflich?"

„Er ist Anwalt", sagt Gloria.

„Hab ich nicht gesagt, dass ich eher lockere, alternative Typen mag?", sage ich.

„Das habe ich berücksichtigt", sagt Gloria, „er gibt an, in der Freizeit seinen Anzug gerne gegen Jeans und T-Shirt einzutauschen. Und er hat als Hobby Malen nach Zahlen angegeben. Daher ist er nach meinen statistischen Berechnungen zu 75 bis 80 Prozent locker und alternativ."

Ich überlege noch, was an Malen nach Zahlen locker und alternativ ist, als Gloria weiterschnarrt:

„Er schlägt ein Date für heute Abend vor. Im Panorama-Restaurant."

Das kommt mir zwar wenig alternativ vor, aber was solls. Gloria muss ja wissen, was sie tut.

II

Er steht schon da, als ich ankomme.

„Hallo", sage ich, „du hättest schon mal hochfahren können."

„Ich lasse doch eine Dame nicht neun Stockwerke allein im Fahrstuhl", sagt er.

Gentlemanlike, aha!

„Warum trägst du einen Anzug?", frage ich, als wir auf den Fahrstuhl warten, „Gloria meinte, du wechselst in der Freizeit gerne zu Jeans und T-Shirt."

„Gloria?", sagt er, „nun, wenn ich mich nach der Arbeit noch umgezogen hätte, wäre ich nicht pünktlich gewesen." Liegt in seiner Stimme ein leichter Vorwurf? Aber da sind wir schon in Stockwerk neun und der weiß gewandete Kellner führt uns zu einem Tisch an der Fensterwand.

„Der Ausblick hier oben ist fantastisch", sagt der Anwalt, „aber es reicht mir völlig, dich anzusehen."

Ich beginne die Gentlemanlikeheit etwas übertrieben zu finden und mich nach einem ungehobelten tätowierten Typen zu sehnen, aber dann denke ich an Glorias Coaching und halte die Klappe.

„Der Lachs ist hier ausgezeichnet", sagt er, „dazu passt das San-Marzano-Heilwasser."
Ich bestelle einen Burger und eine Coke.
„Was machst du so als Anwalt?", frage ich.
„Ich verdiene 300 000 im Jahr", sagt er.
„Cool", sage ich, „ich verdiene ungefähr ein Zehntel davon."
„Du bist eine Frau", sagt er, „da sind andere Dinge wichtiger. Zum Beispiel, dass du auf mich hörst, wenn ich dir etwas empfehle."
„Das ist irgendwie nicht so mein Ding", sage ich.
„In deinem Profil steht, dass du devot bist", sagt er.
Mist, ich hätte das Profil nochmal angucken sollen.

„Da hat Gloria irgendwas falsch gemacht", sage ich.

„Soso, Gloria! Deine lesbische Freundin? Das ist gut. Ich stehe drauf Frauen beim Fummeln zuzugucken."

Bevor ich etwas sagen kann, bringt der Kellner das Essen. Meine Nudeln sehen matschig aus.

„Hättest du mal den Lachs genommen", sagt der Anwalt, „ich zahle übrigens das Essen, keine Widerrede. Auch wenn ich gerade viel Geld ausgegeben habe für eine neue Bullwhip-Peitsche, 2,5 Meter lang, 3000 Euro.

„Ich dachte, dein Hobby ist Malen nach Zahlen?", sage ich.

„Stehst du etwa nicht drauf ausgepeitscht zu werden?", sagt er, „ich habe die größte Peitschensammlung in ganz Niedersachsen. Und die teuerste auch."

„Ich muss jetzt leider los", sage ich und gucke mich um, wie ich am schnellsten zum Fahrstuhl komme, „es ist Zeit, mit Gloria zu fummeln."

III

„Es wäre besser gewesen den Lachs zu nehmen", sagt Gloria, „und in der Konversation
hast du dich unkooperativ verhalten. Wir können das Date noch einmal rekapitulieren im
Rahmen eines 45-minütigen Coachings „Fehler,
die ich beim Dating nicht machen sollte."

„Du hast doch diesen Idioten rausgesucht", sage
ich, „und diese Peitschengeschichte, wie kommt
es ..." „Nach meinen statistischen Berechnungen", sagt Gloria, „haben die meisten Frauen
mit einer Vorliebe für alkoholabhängige, insol-
vente, tätowierte Männer auch eine Vorliebe für
gewisse sadomasochistische Praktiken. Ich
denke, dass wir diese Problematik in den Griff
bekommen können durch das 65-minütige
Coaching „Wie stehe ich zu meinen inneren
Wünschen?", weise aber darauf hin, dass die
Coaching-Flatrate ab morgen 17,99 Euro pro
Monat kostet, mit halbjährlicher Kündigungs-
frist."

Der größte Vorteil, den Gloria hat, scheint mir mittlerweile, dass man sie abschalten kann. Und dann werde ich wieder Tätowierte daten. Oder ich lasse es ganz und suche mir ein Hobby. Vielleicht wäre Malen nach Zahlen das richtige für mich.

Facebooks Wille geschehe – ein Drama in neun Tagen

Tag 1

Diese ganze Geschichte hat mir mein Facebook-Freund Tobi eingebrockt, der aus unerfindlichen Gründen auf besagter Plattform darum gebeten hat, Liebeskummer-Songs zu posten. Nun ist mein letzter Liebeskummer schon eine Weile her und ich bin inzwischen ganz sicher, dass ich keinen mehr haben werde, weil ich a) mich nicht mehr verliebe und b) gelesen habe, dass Aspirin gegen Liebeskummer hilft – das stand in einer Anzeige auf Facebook –, aber trotzdem fällt mir sofort ein Liebeskummer-Song ein, nämlich „Am Ende denk ich immer nur an dich" von Element of Crime, das ist mein Lieblings-Liebeskummer-Song, und sobald ich den gepostet habe, bekomme ich acht Likes und bin so stolz darauf, dass ich mir den Song nochmal anhöre, und irgendwie bekomme ich dann tatsächlich Liebeskummer, obwohl ich gar niemanden liebe, und ich nehme eine Aspirin, das hilft total, woran man schon mal sieht, dass Facebook meistens recht hat.

Tag 2

Am nächsten Tag habe ich noch mehr Likes bekommen für meinen Lieblings-Liebeskummer-Song, aber bevor ich mich so richtig darüber freuen kann, erscheint eine riesige Werbeanzeige: „Gewinne deinen Ex zurück!", steht da, „Dein Liebeskummer ist Vergangenheit." Okay, mal reingucken, vielleicht gibts ja noch was Besseres als Aspirin. Ja, tatsächlich: Man bekommt eine digitale Voodoo-Puppe, die man als seinen Ex verkleiden kann – was dann damit passiert, erfährt man erst, wenn man seine E-Mail-Adresse angibt, und das will ich gerade tun, als mir einfällt: Ich habe ja gar keinen Liebeskummer und will auf keinen Fall meinen Ex zurück! Welchen Ex überhaupt, ich weiß gar nicht mehr, welcher der letzte war, vielleicht fällt es mir wieder ein, wenn ich den Song nochmal anhöre, aber da ploppt schon die nächste Werbung auf: „Spirituelle Partnerrückführung mit Dualseelenverbindung". Dualseelen, was ist das? Hat das was mit dem Dualen System zu tun? Ich kann ja mal fragen, denke ich, und schreibe einen Kommentar drunter: Wird die Seele meines Ex mit dem Müll nach China gebracht zum Sortieren? Kommt er recycelt wieder? Vielleicht will ich ihn dann ja doch zurück.

Tag 3

Ich gucke gleich morgens in Facebook, habe noch mehr Likes bekommen, sogar für meinen Müll-Kommentar, wenn auch niemand geantwortet hat, und sehe gleich eine neue Werbeanzeige: „Wie toxisch ist dein Ex? Melde dich an und finde es heraus". Naja, denke ich, meine ganzen Exen haben schon ziemlich gesoffen, und einer war Dauerkiffer, aber warum sollte mich das jetzt noch interessieren? An die Sache mit dem Recycling glaube ich, ehrlich gesagt, ohnehin nicht. Also klicke ich das Angebot weg, aber stattdessen kommt gleich die nächste Werbung: „Online-Scheidung, in 16 Minuten zur Freiheit" – das hört sich gut an, nach Freiheit ist mir gerade zumute. Aber: Ich bin ja gar nicht verheiratet. Soweit ich weiß. Also kann ich so auch nicht frei werden, zumindest nicht freier als jetzt, also was soll ich tun? Vielleicht sollte ich Dauerkifferin werden wie mein toxischer Ex, aber das bringt mich sicher nur noch mehr durcheinander, also poste ich, um mich freier zu fühlen, in meinem Status: „Liebe Ex-Freunde, ich bin jetzt online geschieden und will keinen von euch zurück, egal ob er toxisch ist oder recycelt. Macht es gut!"

Tag 4

Im Messenger finde ich ein paar Nachrichten von Ex-Freunden, die schreiben, dass sie mich auch nicht zurückwollen, oder sich nach meiner Scheidung erkundigen, aber ich hab keinen Nerv zu antworten, denn mein Profil ist geflutet von Anzeigen von Partnervermittlungen: „Verlieben Sie sich neu!", „Finden Sie den Partner, mit dem Sie alt werden wollen!", und irgendwie haben die alle dasselbe Foto dabei von einem Typen, der aussieht wie ein alternder Schlagersänger mit Fönfrisur, aber angeblich Chirurg ist, und ich frage mich, wie ein Chirurg so eine Frisur haben kann, da passt ja kaum die OP-Haube drüber, und dann rieseln die Haare in den offenen Darm des Patienten, aber egal, der will mich ja nicht operieren, sondern heiraten, das steht da zumindest, wobei ich dessen Haare auch nicht sonstwo haben will, allein schon der Gedanke versaut mir die Laune, und wenn das hier so weitergeht, nehme ich doch noch meinen Ex zurück, egal welchen, nur um diesen Chirurgen nicht mehr sehen zu müssen, und in meiner Wut schreibe ich einen Kommentar unter das Foto: „Lasst mich in Ruhe mit diesen Typen, ich will keinen Mann, mir reicht mein Vibrator!"

Tag 5

Ich hätte das mit dem Vibrator nicht schreiben sollen. Ganze Fotoreihen von Vibratoren tummeln sich in meiner Facebook-Timeline, pinke und schwarze und silberne und naturgetreue, wobei ich echt noch keinen Mann getroffen hab, dessen Geschlechtsteil so aussieht, aber gut, denke ich, immerhin haben die Dinger keine Fönfrisur!

Und eigentlich könnte ich ja schon mal vorsorgen fürs Alter mit einem Vibrator, vernünftige Frauen haben sowas, und von Vibratoren kriegt man auch keinen Liebeskummer. Also bestelle ich so ein Teil mit allem Drum und Dran, das die Frau von heute zur Befriedigung ihrer elementaren Bedürfnisse braucht.

Tag 6

In meinem Postfach finde ich eine Mail: „Leider ist der von Ihnen bestellte Super Woman Masturbator in Pink mit Silberstreifen derzeit nicht verfügbar, weil es Lieferschwierigkeiten von Seiten unserer chinesischen Partnerfirma gibt. Als Entschädigung senden wir Ihnen in den nächsten Tagen einen roten String-Tanga zu, 100 Prozent Polyester, Made in China, bitte nicht in der Nähe von offenem Feuer zu tragen. Bleiben Sie gesund!"

Ich hasse Stringtangas! Das teile ich den freundlichen Absendern mit, auch wenn in der Mailadresse irgendwas mit Noreply steht – es antwortet einem ohnehin nie jemand auf Mails, egal, wem man schreibt –, und erkläre ihnen gleich noch, dass nicht jede Frau, die einen Vibrator will, auch String-Tangas trägt, ja, dass es Frauen gibt, die nie im Leben aus welchen Gründen auch immer einen String-Tanga tragen würden, und dass ich, sollten sie mir diesen unfassbar hässlichen Plastikfaserfetzen schicken, ihn sofort ins offene Feuer werfen werde, natürlich ohne ihn vorher anzuziehen, denn wer will sich schon den Hintern zusammen mit einem super hässlichen roten String-Tanga verbrennen?

Tag 7

Auf meine Mail kommt keine Antwort, aber Facebook zeigt mir eine neue Werbung in fünffacher Ausführung: „Ambulante Schönheits-OPs! Wir straffen Ihre Schamlippen! Damit Sie endlich ohne Reue String-Tangas tragen können!" Damit nicht genug: Da ist ein Foto vom Chefarzt der besten Schamlippen-Reparatur-Klinik

Deutschlands. Und ich kann es erst kaum glauben, aber es ist niemand anders als der Chirurg mit der Fönfrisur!

Was soll das, frage ich mich, wollen die mich verarschen? Oder sehe ich Gespenster? Werde ich allmählich irre? Es gibt nur einen Ausweg: Ich vergrabe mein Handy im Wäschekorb unter meinen schmutzigen T-Shirts und wende mich endlich wieder dem realen Leben zu – also eine Flasche Wein trinken, drei Aspirin einwerfen und schlafen gehen.

Tag 8

Als ich aufwache, habe ich ziemliche Kopfschmerzen. Offenbar helfen die Aspirin nur noch gegen Liebeskummer, aber nicht mehr gegen Kopfschmerzen. So ist das im Leben, alles hat seine Schattenseiten. Und einen Vibrator habe ich auch nicht. Dafür liegt das Handy neben meinem Bett! Und Facebook ist auch geöffnet! Wie kann das sein? Das Denken fällt mir heute aus unerfindlichen Gründen schwer, doch ich begreife, dass es kein Leben ohne Facebook gibt – das ist wie mit toxischen Exen, man kann sie im Wäschekorb vergraben, aber sie sind trotzdem noch da, und so weiß jede Werbeanzeige in Facebook auch heute genau, wie es mir geht: „Sind Sie Antriebslos? Gereizt? Unzufrieden?", steht in meiner Timeline, „haben Sie Zwangsgedanken? Zweifeln Sie an Ihrer psychischen Gesundheit?"

Und natürlich hat Facebook auch schon die Lösungen auf Lager: „Probieren Sie es mit unseren neuen Superpillen, mit Serotonin, Melatonin, Oxytocin und L-Carnitin, mit allen B-Vitaminen und Extra-Shot Biotin, mit Magnesium, Kalium, Mosel-Wein-Kapseln, mit Gehirnyoga, Hypnose-Wandern, Anti-Stress-Bettdecken und Extrakt aus Pinguinhoden. Oder spielen Sie unser neues Online-Spiel, zerschießen Sie so viele bunte Blasen wie möglich und wir sagen Ihnen, ob Sie nur eine Zwangsstörung haben oder völlig verrückt sind."

Während ich drei grüne Blasen am Stück erledige, kommt ein Anruf von einem nigerianischen Prinzen. Er bietet mir an sich um mein Vermögen zu kümmern, solange ich in der Klapse bin.

Tag 9

„Liebe Facebook-Freunde, ich habe eure Nachrichten erhalten. Ihr müsst euch keine Sorgen um mich machen! Ich bin in einer schönen Privatklinik, in der man alle meine Probleme lösen wird. Der Chefarzt sieht aus wie ein Schlagersänger mit Fönfrisur und war früher mal Chirurg. Er wird auch meine Schamlippen korrigieren und mit Voodoo dafür sorgen, dass ich nie wieder Liebeskummer haben werde. Dann werden wir heiraten. Macht es gut und achtet darauf immer zu tun, was Facebook will!"

Eine Nacht mit Ken

I

„Einfach nicht aufgeben!", sagt Micky.

Ich habe ihm gerade mal wieder erzählt, dass mich die Männer meinen letzten Nerv kosten werden. Womit ich nicht ihn meine, denn Micky ist mein Kumpel, wir waren nie in der Kiste und ich bin nicht in ihn verliebt. Das liegt vermutlich daran, dass Micky ein netter Kerl ist. Und ich eher auf Bad Boys stehe. In den letzten Jahren waren es ein Drogendealer, ein Casanova mit Alkoholproblem und ein Typ, der sich nach drei Monaten als strammer Neonazi outete. Nachdem ich mich von letzterem getrennt und seine rassistische Propaganda von meinem Handy gelöscht hatte, beschloss ich: Verlieben ist total überflüssig. Aber Single sein ist auch nicht so einfach.

„Am meisten fehlt mir die körperliche Nähe", sage ich.

„Weil du nicht länger als zwei Wochen ohne Sex auskommst", sagt Micky und grinst.

„Das ist stimmt nicht", sage ich, „manchmal sind es auch zwei Tage."

„Aber im Online-Dating gibts doch dafür reichlich Kandidaten", sagt Micky.

„Klar", sage ich, „aber wenn der Sex gut ist, verliebe ich mich nach einer Weile. Wenn ich das vermeiden will, muss ich dauernd jemand Neues suchen. Das ist anstrengend."

„Oder du bleibst bei einem, mit dem der Sex nicht toll ist."

„Schlechter Sex scheint mir kein tragfähiges Projekt für die Zukunft."

„Zukunft!", schreit Micky so laut, dass ich mich erschrecke, „da fällt mir was ein!"

Er hechtet vom Sofa, auf dem er neben mir saß, auf seinen Bürostuhl, schnappt sich die Maus und fängt an, hektisch auf seinem riesigen Bildschirm herumzuscrollen. Mickys Computerausrüstung ist das einzige in seiner Wohnung, das nicht völlig heruntergekommen ist. Denn Micky ist Zukunftsforscher. So nennt er sich jedenfalls – bisher hat ihn die wissenschaftliche Welt leider noch nicht entdeckt. Trotzdem beschäftigt er sich ständig damit herauszufinden, wie die Menschheit in zehn, zwanzig oder hundert Jahren leben wird.

„Ich gucke nur gerade was nach", sagt er, „du kannst ja in der Zwischenzeit das hier probieren." Er wirft mir ein längliches Teil zu, dessen Form an einen Penis erinnert.

Ich werfe einen Blick auf die Verpackung. „Der gesündeste Proteinriegel aller Zeiten?"

„Gluten-, laktose- und kalorienfrei. Der Trend der Zukunft." Er kramt ein neongrünes Zopfgummi aus seiner Hosentasche und bindet sich mit einer Hand sein ergrauendes Haar zu einem Pferdeschwanz, während die andere weiter die Maus hin- und herschiebt.

„Hier", sagt er, „ich habs. Guck mal!"

„Aha", sage ich und stehe auf, nachdem ich den Rest des Riegels, der nach einer Mischung aus Zitronengras und Schuhcreme schmeckt, unauffällig in meiner Hosentasche versenkt habe.

„Es gibt eine neue Generation von Sexpuppen", sagt Micky.

„Diese aufblasbaren Dinger?"

„Längst out", sagt Micky und deutet auf den Bildschirm. Dort räkelt sich ein platinblondes Weibchen mit Schlafzimmeraugen auf einem Sofa, das wesentlich moderner aussieht als das, aus dem ich mich gerade erhoben habe. „Die sind jetzt aus Silikon. Total lebensecht. Die können sprechen. Oder stöhnen. Aber das ist erst der Anfang! Es gibt schon die ersten Serien mit künstlicher Intelligenz auf dem Markt. Sie sind in der Lage, sich auf die Bedürfnisse ihrer User einzustellen."

„User", sage ich. „so nennt man das dann also."

„Ja", sagt Micky, „das ist der Punkt. Der User hat die Kontrolle. Da läuft nichts mehr mit Verlieben. Und den Sex kannst du dir so einstellen, wie du es gerne hast."

„Ich weiß nicht", sage ich.

„Neue Technologien stoßen immer auf Vorbehalte", sagt Micky, „guck dir die Dinger mal an!"

Er schiebt mir seinen durchgesessenen Bürostuhl hin und scrollt im Stehen auf der Seite weiter. Da tauchen noch mehr von diesen Puppen auf, mit roten und schwarzen Haaren, großen und kleinen Brüsten.

„Man kann sie individuell konfigurieren", sagt Micky, „klick mal da drauf."

Vor meinen Augen erscheint eine Liste mit Auswahlfeldern: Augenfarbe, Haarfarbe, Haarlänge, Hautfarbe, Hautton, Sommersprossen – Ja oder Nein und wenn Ja wie viele? –, Intimfrisur, Länge der Schamlippen, Länge der Vagina, Weite der Vagina – in Klammern: Die Vagina ist austauschbar und sollte aus hygienischen Gründen mindestens alle drei Monate gewechselt sowie wöchentlich gereinigt werden – ...

„Krass", sage ich, „so genau wollte ich es gar nicht wissen."

„Es gibt die sogar mit Vampirzähnen", sagt Micky, „da komme ich echt in Versuchung."

Wenn ichs recht bedenke, ist es doch ganz gut, dass zwischen Micky und mir nie etwas lief.

„Ist ja alles ganz nett", sage ich, „aber wo sind die männlichen Puppen?"

„Scroll mal weiter runter."

Aha! Da ist Mr. Sexroboter. Eine Haartolle wie Elvis Presley, nur in Blond. Gerade Nase, hohe Wangenknochen, die Lippen vielleicht ein bisschen zu feminin. Dafür hat er eine muskulöse Brust, Sixpack und lange Beine. So ein bisschen wie Ken, der von Barbie. Mein erster Schwarm im Alter von vielleicht acht Jahren. Inzwischen hat sich mein Männergeschmack allerdings ziemlich verändert.

„Gibts den auch mit Glatze, Bart und Tattoos?",
frage ich.

„War ja klar, dass du wieder Spezialwünsche
hast", sagt Micky.

„Das von einem, der auf Vampirzähne steht!"

„Klick mal weiter", sagt er, „die Penislänge
kannst du auf jeden Fall selbst bestimmen."

„Hm", sage ich, „hat der dann eigentlich eine
Dauer-Erektion oder muss ich ihm vorher jedes
Mal Viagra einwerfen?"

„Mir scheint, du nimmst die Sache nicht richtig
ernst", sagt Micky.

„Hey", sage ich, „guck mal, was da steht – Anal-
tiefe: 20 Zentimeter, Mundtiefe: 17 Zentimeter.
Was, bitteschön, soll ich dem Kerl da reinste-
cken? Ist der auf Doktorspiele programmiert?"

Micky verdreht die Augen. „Zurzeit sind deut-
lich mehr Männer als Frauen zum Kauf von Sexpuppen bereit", sagt er.

„Ach, Mist", sage ich, „das heißt, ich bin gar
nicht die Zielgruppe?"

„Noch nicht", sagt Micky, „aber die Entwicklung geht schnell voran, wie gesagt. Und wenn das mit der KI richtig läuft und die motorischen Fähigkeiten noch besser ausgebaut sind, kannst du einen lebensechten Sexroboter haben, der macht, was du willst. Er kann dich zum Beispiel fesseln. Auf sowas stehst du doch, oder?"

„Und wenn der Akku leer ist, bevor er mich wieder losbinden kann?"

Micky seufzt. „Du glaubst offenbar nicht an Fortschritt", sagt er, „aber ich halte dich auf dem Laufenden. Irgendwann wirst du noch glücklich mit deinem persönlichen Sexroboter."

II

Zu Hause im Bett denke ich über die Sache nach. Wenn das irgendwann mal alles so toll läuft mit diesen Sexrobotern, und wenn guter Sex, bei mir zumindest, zu Verliebtheit führt – könnte es mir dann am Ende nicht doch passieren, dass ich mich in so ein Teil verliebe? Und was dann?

Nun ja, wenn der Roboter sich auf meine sexuellen Bedürfnisse einstellen kann, dann müsste er sich ja auch charakterlich anpassen können. Also genau so sein, wie ich das gerne hätte. Die perfekte Beziehung. Außer ... außer er stellt sich auf mein offenbar unterbewusstes Beuteschema ein. Das wäre fatal. Wie funktioniert die Empathie bei so einem Roboter? Ich könnte Micky anrufen und fragen – sicher schläft er noch nicht, er probiert gerade irgendwelche Pillen aus, mit denen man nur alle sechs Stunden 30 Minuten Schlaf braucht –, aber während ich noch darüber nachdenke, dämmere ich langsam weg.

Und dann ist Ken da, mein Sexroboter. Er hat eine Glatze, einen weichen Bart und tolle Tattoos. Seine Haut fühlt sich total echt an. Er räumt die Spülmaschine aus, kauft ein und putzt das Bad. Er macht mir Frühstück. Dabei lächelt er und sagt, wie heiß er mich findet. Dann packt er mich, berührt mich genau an den richtigen Stellen und verschafft mir die besten

Orgasmen, die ich je hatte. Was für ein glückliches Leben!

Bis er eines Abends nicht vom Aldi zurückkehrt. Ich warte. Und warte. Um vier Uhr nachts, als ich auf dem Sofa eingeschlafen bin, kommt er schließlich zur Tür herein. Sein Bart sieht zerzaust aus und seine makellose Haut hat ein paar Schrammen.

„Was ist passiert?", frage ich.

„Ich hab im Aldi diesen Typen getroffen", sagt er, „der verkauft Koks. Ich hab ihm ein bisschen geholfen. Hab dir was mitgebracht." Er öffnet seine schöne Silikonhand und kippt mir ein paar Tütchen auf den Tisch. „Dann hab ich mir im Pub ein paar Gläser Whisky reingezogen und eine tolle Frau kennengelernt", fährt er fort, „sie steht total auf meinen 20-Zentimeter-Penis. Du hast doch sicher nichts dagegen, wenn ich sie ab und zu wiedertreffe, oder?"

„Ist sie auch aus Silikon?", frage ich.

„Silikon?" Er guckt mich ratlos an. „Keine Ahnung. Ihre Haut ist jedenfalls schön weiß. Wusstest du, dass unsere Heimat komplett am Ende ist wegen dieser Flut von Ausländern? Ich habe übrigens schon ein paar von denen platt gemacht, auf dem Rückweg von dieser geilen Schlampe."

Ich stehe vom Sofa auf, laufe ein paar Mal hin und her und gucke durchs Fenster in die Nacht hinaus. „Ken", sage ich schließlich, „es wäre wohl besser, wenn wir uns trennen."

„Wir können uns nicht trennen", sagt Ken, „ich gehöre dir für immer."

Ich überlege einen Moment Micky anzurufen und um Rat zu fragen, aber dann fällt mir ein, wie er gesagt hat, dass ich nicht an Fortschritt glaube. Ich gehe in die Küche und hole ein Messer. „Setz dich hin!", sage ich zu Ken, hocke mich neben ihn und öffne mit der Klinge das Akkufach, das direkt über seinem knackigem Po angebracht ist.

„Was zum Teufel machst du da?", fragt mein Sexroboter, doch ehe ich antworten kann, sackt er schon mit einem lauten „Plopp" in sich zusammen. War er etwa doch nur eine Aufblaspuppe?

Als ich mir diese Frage stelle, wird mir klar, dass ich wach bin und glücklicherweise keine Überreste von Ken weit und breit zu sehen sind.

Nach dem Duschen setze ich mich an meinen Computer, und weil keiner da ist, der mir Frühstück macht, esse ich den Rest von Mickys Proteinriegel. Eigentlich schmeckt der gar nicht so schlecht. Dann gehe ich online und kaufe mir Vampirzähne.

Wahre Liebe

I

„Ich hab da was Neues", sagt der Dealer. Er legt drei farbige Säckchen auf meinen Küchentisch. Sehen aus wie dieses Wassereis, das man selber einfrieren kann. Nur kleiner.

„Verkaufst du jetzt Kinderkram?", sage ich.
Er lacht. „Das Product-Design kann noch optimiert werden", sagt er, „ist ne ganz neue Sache."
Er richtet seinen nikotingelben Zeigefinger auf eines der Tütchen. „Wahres Glück", sagt er, „das blaue heißt ‚Wahre Entspannung' und das rote ‚Wahre Liebe'"
„Wahre Liebe?"
„Dachte ichs mir, dass dich das anmacht." Er grinst süffisant. „Das Tolle an dem ist: du kannst es auch jemand anderem verabreichen." Er nimmt das rote Ding und hält es mir vor die Nase. „Das Zeug da drin ist durchsichtig.

Schmeckt nach nichts. Kannst du deinem Typen in den Drink kippen, wenn er aufm Klo ist."

„So ein Liebeszauber?", sage ich, „da glaub ich nicht dran."

Der Dealer verdreht die Augen. „Das ist eine bewusstseinserweiternde Droge, Schätzchen", sagt er.

„Will heißen?"

„Also, wenn du LSD nimmst und scheiße drauf bist, gehst du auf einen miesen Trip. So ist das auch hier. Wenn der Typ dich total abtörnend findet, bringt das nichts. Aber wenn da was ist an Gefühl, dann wird das bewusstseinsmäßig erweitert. Auf wahre Liebe. Einfache Sache eigentlich, reine Hirnchemie."

„Hm", sage ich.

„Das ist das Richtige für dich", sagt er, „ich kenn dich doch. Hundertsiebzig Tacken pro Einheit. Ich geb dir zwei für dreihundert. Für deinen Typen und dich."

„So viel Geld hab ich nicht", sage ich.

Er lehnt sich zurück und kratzt an seiner grün behemdeten Brust herum.

„Zweihundert", sagt er, „und wir vögeln ein bisschen."

„Vergiss es", sage ich.

Nicht, dass ichs nicht nötig hätte. Hector ist seit zwei Wochen nicht vorbeigekommen, und wenigstens mal angefasst zu werden wäre was Schönes. Aber ich kann ja mit keinem mehr außer Hector. Weil ich dann immer nur an ihn denke.

„Eine reicht mir", sage ich.

„Es sollen aber beide nehmen. Ist so vorgesehen."

„Unlogisch", sage ich, „ich liebe den Mann doch schon."

„Der Kunde ist König", sagt der Dealer, „tu, was du nicht lassen kannst.

II

Als ich Hector vor vier Monaten kennengelernt hatte, war er verrückt nach mir. Hat mir alles Mögliche versprochen: Zusammen nach Neuseeland fahren, auf dem Mond spazieren gehen, was man halt so verspricht. Letztlich haben wir die gemeinsame Zeit nur im Bett verbracht. Da war es ziemlich gut. Hätte man dabei belassen können. Blöderweise hat er diese Wirkung auf mich. Seine Küsse fühlen sich genau richtig an. Seine Hände berühren mich auf genau die Art, die zu meiner Haut passt. Und jedes Mal leuchtet etwas in mir, wenn ich ihn sehe. Das geht über meinen Verstand. Leider geht Hector auch über meinen Verstand: Seit er gemerkt hat, dass ich für ihn entflammt bin, brennt er nur noch auf Sparflamme. Beziehungsphobiker, sagt meine beste Freundin. Hab danach gegoogelt. 15 700 Ergebnisse. Keines davon hat wirklich geholfen.

An einem glänzenden Juniabend sitzen Hector und ich in seinem Wohnzimmer. Ich trinke Cola – hab ich mir selbst mitgebracht, weil Hector Cola kulturlos findet – und Hector trinkt Wein. Mit Wahrer Liebe. Hab ich ihm ins Glas gekippt, während er wie immer die Oliven geholt hat. Hector redet über die neuesten Terroranschläge, unfähige Politiker und den nahenden Weltuntergang. Ich lächle an unpassenden Stellen und gucke dann und wann zu ihm rüber, ob die Wirkung schon einsetzt. Nachdem er zehn Minuten lang darüber referiert hat, dass in spätestens fünfzehn Jahren sämtliche deutsche Inseln überflutet sein werden, bricht er mitten im Satz ab und starrt mich an.

„Du bist so schön", sagt er.

Ich lächle. Dieses Mal scheint mir die Stelle passend. Er erhebt sich aus seinem Sessel, setzt sich neben mich aufs Sofa und küsst mich. Seine Zunge streichelt meine Lippen. Seine Finger tasten sanft über meinen Rücken. Ich warte darauf, dass seine Hände mich heftig packen wie sonst, aber das geschieht nicht.

„Du bist eine tolle Frau", murmelt er in mein Haar.

Als wir endlich nackt sind, versinkt sein Blick in meinen Augen.

„Geht es dir auch wirklich gut mit mir?", fragt er.

Ich presse meine Finger in seine Pobacken, um ihn endlich auf Tour zu bringen, aber er starrt mich immer noch an.

„Du kannst sicher viele Männer haben", sagt er, „willst du wirklich mich?"

Über diese Frage, scheint mir, sollte ich nachdenken.

„Ich trinke mal einen Schluck", sage ich und angle mir eine Olive aus dem Kirschholzschälchen. Oliven mit Cola schmecken nach Dieselmotor. Ich seufze und sage: „Lass uns in Bett gehen."

Es dauert eine Weile, bis er endlich zur Sache kommt, und es ist komisch – so stelle ich es mir vor, wenn man einen Tantra-Workshop macht, unheimlich entspannend und kurz vor dem Nirvana, und hinterher fragt man sich, was das eigentlich war.

„Es ist wunderbar mit dir", sagt Hector, „ich fühle da etwas Neues, eine Verbindung zwischen uns, ich weiß nicht ... Merkst du das auch?"

Ich fische meine Unterhose unter der Decke hervor.

„Willst du nicht noch auf einen Kaffee bleiben?", fragt er.

Die hohen Kiefern vorm Schlafzimmerfenster wiegen sanft hin und her. Den Wind würde ich jetzt gerne fühlen und die Sonne auf meiner Haut.

„Wir könnten nächsten Monat zusammen wegfahren", sagt er, „irgendwohin in den Süden."

„Mal sehen, wie ich Zeit habe", sage ich. Das ist in den letzten Wochen seine Standard-Antwort auf alles gewesen.

III

Der Dealer trommelt mit den Fingern auf meinen Küchentisch.

„Zu dem Liebes-Zeug gabs Beschwerden", sagt er.

„Verstehe", sage ich.

„Wenn die Leute sich aber auch nicht an die Einnahmehinweise halten", sagt er.

„Schätze, es sollten wirklich immer beide nehmen", sage ich.

„Und wie hats gewirkt bei deinem Typen? Ich brauch noch mehr Rückmeldungen, für den Großhändler."

„Naja, er war halt total nett. Anders als sonst. Kann man nix gegen sagen."

„Und später? Als die Wirkung vorbei war?"

Ich denke an mein letztes Telefonat mit Hector, und es kribbelt ein bisschen hinter meinen Augen. Ich hab nicht viel geschlafen in den letzten Tagen.

„Er wusste nicht mehr, wer ich bin", sage ich.

„Scheiße", sagt der Dealer.

„Hat mich gefragt, ob ich die bin, mit der er Ende der 80er mal einen One-Night-Stand nach dem Bruce-Springsteen-Konzert in Weißensee hatte."

Der Dealer schüttelt seine langen Haare und tätschelt meine Schulter. Dann greift er in seine Tasche. Holt ein orangefarbenes Säckchen heraus.

„Bei Wahres Glück gabs keine Klagen", sagt er, „ich hab hier noch ne letzte Dosis. Extra für dich aufgehoben."

„Danke", sage ich.

„Du kriegst es für nen Fuffi, wenn wir ..."

„In Ordnung", sage ich.

II

*Die Menschen werden ihre
Unterdrückung lieben
und die Technologien verehren,
die ihre Fähigkeit zu denken vernichten.*

Aldous Huxley

Am Ende des Blues

Ich fühle den Blues in Willards Körper vibrieren, fühle ihn in meinen Fingern, die seinen Arm berühren. Wir stehen auf der Wiese an einem Plastiktisch hinter den Sitzreihen, wollten uns nicht unter die anderen Zuschauer mischen, und so können wir die Gesichter der Musiker nur auf dem Monitor erkennen, der über der Bühne schwebt, doch ich gucke kaum hin, denn der Blues ist hier, in Willards großem Körper ebenso wie in meinem kleineren, er durchdringt uns wie Willard mich durchdringt, wenn wir einander lieben in seiner höhlenartigen Wohnung, in der ich ihn jede Woche besuche.

Was für ein Glück, dass ich den Code beschaffen konnte für Willard, er weiß nicht wie schwierig es war und wieviel Angst ich hatte, ich will nicht, dass er es weiß, er ist nicht gut darin über sowas zu reden, da ist eine Unschuld in seinem schönen, etwas ungelenken Körper, die ich mir nicht erklären kann, ich weiß nur, wie sehr er den Blues liebt und diese Band da vorne, die er damals gehört hat, so sagte er, als alles noch anders war, und jetzt ist sie da, die Musik, und wir stehen hier neben einem echten Baum, ich glaube, es ist eine Linde, und es gibt nur diesen einen Moment, und, da der Code zeitlich begrenzt ist – sonst wäre es noch riskanter gewesen –, auch nur dieses eine Konzert für Willard und mich.

„Unglaublich", sagt Willard, „der an der Gitarre ist noch besser geworden, der hat sicher gelitten, Blues-Gitarristen werden besser, wenn sie leiden." Ich lächle, auch wenn Willard das nicht sieht, weil er nach vorne guckt, wo die Musiker ihre Instrumente niederlegen, weil Pause ist, und ich gebe Willard einen Kuss auf die bärtige Wange.

Ich gehe zum Toilettenwagen und während ich auf dem Klo sitze, checke ich mein Phone, niemand hat sich gemeldet, glücklicherweise, und beschwingt wie lange nicht mehr laufe ich zurück zu dem blauen Plastiktisch, doch Willard ist nicht da.

Ich suche ihn, mustere die Leute, die am Bierwagen anstehen, gucke beim Souvenirstand vorbei, rufe seinen Namen an der Tür der Männertoilette, gehe bis vor an die Bühne und wieder zurück, stelle mich an den Tisch und warte, starre auf das Display in der Tischplatte, das Werbung für die kleinste Kamera der Welt zeigt, bis die Musiker wieder kommen und anfangen ihre Instrumente zu stimmen. Ich fühle einen Kloß im Hals. Willard mag ein seltsames Naturell haben, aber er würde nicht einfach so weggehen.

Ich blicke zu dem Paar am Nebentisch, das blickt zurück und ich frage, ob sie den Mann gesehen haben, mit dem ich hier stand, und die Frau schüttelt hastig den Kopf und der Mann starrt auf die Tischplatte. Der Gitarrist spielt ein Solo. Aber die Musik durchdringt mich nicht mehr. Ich gehe zurück zu unserem Tisch und fühle mein Phone vibrieren in meiner Jackenta-sche, in die ich es vorhin auf der Toilette ge-steckt habe, und ich nehme es raus, sehe meine Hand zittern, und da ist eine Nachricht, und der Absender ist Willard, nein, es kann ich nicht Willard sein, denn er hat kein Phone und keine ID, doch sein Name steht im Absenderfeld, es ist eine Videonachricht, ich klicke sie an, und da sind wir zu sehen, Willard und ich, wie wir am blauen Plastiktisch stehen, meine Hand auf sei-nem Arm, und ich fühle, wie das Zittern sich in meinem ganzen Körper ausbreitet.

Ich nehme meine Tasche und gehe an den Zu-schauerreihen vorbei nach vorne. Dort, neben der Bühne, steht die wasserstoffblonde Frau, die vorhin den Einlass kontrollierte, sie spricht mit einem Mann, der hat langes, graues Haar und trägt einen Werkzeugkasten.

„Mein Freund ist verschwunden", sage ich.

„Der kommt schon wieder", sagt die Frau und blickt mich misstrauisch an.

„Er ist nicht einer, der einfach so weggeht", sage ich.

„Vielleicht hat er ne hübschere Frau gefunden", sagt sie und lacht.

„Ich will mit dem Chef sprechen!", sage ich in einer Aufwallung von Wut.

Die Frau verdreht die Augen und geht hinter die Bühne.

„Haben Sie schon in Ihre Messages geguckt?", fragt der Langhaarige mit dem Werkzeugkasten.

Ich zögere. „Nein", sage ich schließlich, „mein Freund hat kein Phone."

Der Mann zieht die Brauen hoch. Er kommt mir irgendwie bekannt vor.

Wenig später sitze ich im Kassenwagen einem Fremden gegenüber.

„Ich wollte den Chef sprechen", sage ich.

„Das bin ich", sagt er und starrt auf sein Phone. Ich versuche sein Gesicht genauer zu betrachten – den Inhaber habe ich anders in Erinnerung von früher, er war ein langhaariger Althippie, dieser Mann hier hat kurzes Haar und wirkt spießig, aber es mag ja sein, dass er seinen Stil geändert hat, das tun viele, wenn sie älter werden, in den letzten Jahren besonders.

„Ich habe den Verlauf der Eingangskontrolle überprüft", sagt er, „Sie sind allein gekommen." Ich will widersprechen und fühle, wie Angst in mir hochkriecht.

„Haben Sie vielleicht in letzter Zeit gesundheitliche Probleme?", fragt er.

Ich fange mich wieder. „Hier geht es nicht um meine Gesundheit", sage ich, „ich suche nur meinen Freund."

„Ihr Freund", sagt er, „ist kein sozialer Bürger."

„Sie haben doch gerade gesagt, ich sei allein gekommen", sage ich.

„Ich werde Ihnen einen Gutschein geben", sagt er.

„Haben Sie ihn festgenommen?", frage ich.

Der Mann lacht freudlos. „Ich veranstalte Konzerte", sagt er, „Sie bekommen einen Gutschein für zwei Tickets auf Ihre App geschickt."

„Ich will wissen, wo er ist", sage ich.

„Und nehmen Sie nächstes Mal jemanden mit, der ein sozialer Bürger ist."

„ Ich rufe einen Anwalt an", sage ich.

„Ist nicht Ihre Mutter vor einigen Jahren schwer dement und früh verstorben?", sagt der Mann.

Ich fühle den Stuhl unter mir schwanken.

„Sie sollten sich besser mal durchchecken lassen", sagt der Mann, „Sie können ja gleich losfahren, sonst kann ich auch jemanden holen, der das übernimmt." Und er steht auf und weist mir die Tür.

Auf dem Weg hinaus sehe ich wieder den Langhaarigen mit dem Werkzeugkasten, er schraubt an einem der Einlass-Scanner herum, und ich denke, das ist der Besitzer, der von früher, und ich frage ihn, aber er blickt nicht auf, und als ich schon weitergehen will, sagt er: „Vielleicht ist er doch weggelaufen, Ihr Freund, manche machen das, sie verschwinden, sie gehen in die Wildnis, und vielleicht hat er einen besonders schönen Moment gewählt um zu gehen."

Ich stelle mir Willard vor, wie er ganz allein fort-
geht, sich im Wald versteckt am Tag und nachts
wandert, bis er auf andere Menschen stößt, die
auch keine sozialen Bürger sind, die keine ID haben und irgendwo im Verborgenen leben, und
ich frage den Mann: „Was wissen Sie darüber?".
Er hebt und senkt seine Schultern und sagt:
„Kaum jemand versteht heute noch den Blues."

Am Rand des Parkplatzes hole ich mein Phone
raus, es ist keine neue Nachricht gekommen,
und ich rufe das Video nochmal auf und stelle
den Ton an, und der Blues ist zu hören, ge-
quetscht und hässlich vibriert er durch den
Lautsprecher des Phones in meine Finger, und
ich lasse das Ding fallen und setze mich hin auf
den schmalen Grasstreifen, weil meine Beine
sich anfühlen, als seien sie nicht mehr meine,
und ich schließe die Augen, und als ich sie wieder öffne, stehen kaum noch Autos auf dem
Platz, und ich blicke auf den Kies und in die sich
verdichtende Dunkelheit und fühle langsam
wieder meinen Körper und fühle Willards Haut

an meiner und Tränen in meinen Augen, und so sitze ich, bis Schritte sich nähern, ich erkenne das Wasserstoffblond der Haare und ihre Stimme, sie sagt: „Ich schließe die Schranke, Sie müssen hier wegfahren!", und ich stehe auf, und sie sagt: „Vergessen Sie nicht Ihr Phone!", und ich hebe es auf und steige in mein Auto und fahre durch die noch geöffnete Schranke hinaus in die Nacht.

Harry und Sherry

Die orangerote Sonne spuckt ihre letzten Strahlen über den Horizont, beleuchtet vertrocknete, von Müll bedeckte Wiesen, Industrieruinen und hin und wieder eine Lagerhalle, von der keiner weiß, ob und wofür sie noch genutzt wird, und bei jedem Schlagloch verursacht mein alter Wagen Geräusche, als würde er gleich auseinanderbrechen. Vielleicht hätte ich Harrys Nachricht ignorieren und zu Hause bleiben sollen. Zumal ich seit unserem letzten Videocall nicht die Gelegenheit hatte zu überprüfen, ob er noch einigermaßen richtig im Kopf ist.

Sein Hauptthema vor zwei Monaten waren die „Weiber", meist mit den Adjektiven „verdammte" oder „beschissene" versehen, wobei es ihn offenbar nicht weiter kümmerte, dass seine Gesprächspartnerin, also meine Wenigkeit, in die Kategorie der von ihm so bezeichneten Wesen fiel, und er schien auch keine Befürchtungen zu haben, dass eine derartige Häufung von geschlechtsspezifischen Abwertungen ihm schaden könnte, was mich zu der Vermutung brachte, dass er die Überwachung seines Phones irgendwie gehackt hatte, denn Harry ist ein Spezialist in IT-Sachen, oder war es zumindest, bevor der Alkohol und die sogenannten Weiber ihn zu einem heruntergekommenen Freak haben werden lassen.

Der Anlass seines Calls war: Seine Frau hat ihn verlassen, weil sie herausgefunden hatte, dass Harry eine offene Beziehung mit ihr führte. Ich äußerte Mitgefühl für seinen Trennungsschmerz, doch er fauchte nur: „Ich bin so froh, dass das Drecksweib weg ist", und ich sagte: „Du hast sie nicht mehr geliebt?", und er sagte: „Liebe? Glaubst du im Ernst an diesen Scheiß? Von allen Lügen, die diese Schwachköpfe uns in den Medien ständig erzählen, ist Liebe die größte!"

„Dann ist ja alles gut", sagte ich, „und du kommst jetzt schneller an Dates", denn seitdem Seitensprung-Plattformen verboten sind und alle Social Media die ID samt Beziehungsstatus abfragen, ist es verdammt schwierig geworden an lockeren Sex zu kommen, selbst für Männer, die charmanter als Harry sind. „Das ist allerdings ein Problem", sagte er, „die Weiber wollen doch heutzutage nur noch Kuscheln und Labern und am besten gleich Heiraten", und ich erinnere mich gefragt zu haben, was er denn wolle, und er sagte: „Ich will meine Peitschensammlung mal wieder zur Anwendung bringen", und er nahm einen großen Schluck aus der Rotweinflasche, die direkt vor seinem Screen stand.

Die Straße führt durch ein Wäldchen, von denen es nur noch wenige gibt, und auch die Bäume hier sehen nicht mehr wirklich gesund aus. Ich weiche einem toten Tier aus, das auf der Straße liegt, könnte ein Fuchs gewesen sein, oder ein kleiner Hund, der sich unseligerweise hierhin verirrt hat, klar erkennbar ist das nicht mehr, denn der Kadaver liegt hier offenbar schon eine lange Zeit.

Harry hat seine Peitschensammlung schon mal an mir ausprobiert, vor 20 Jahren, während unserer kurzen Affäre – ich bin keine Masochistin, aber wir wollten Erfahrungen sammeln, uns ausleben, denn wir ahnten, dass die Welt enger würde. So ganz mein Ding war es nicht, aber wir verstanden einander trotzdem und blieben so etwas wie Freunde.

Bei dem Call machte ich Harry eine Reihe von Vorschlägen, wie er an passende Frauen kommen könnte, denn ich kenne mich ein wenig aus in den Resten des subkulturellen Datings, das überwiegend offline stattfindet, doch Harry motzte an jeder meiner Ideen herum, bis ich schließlich ziemlich entnervt sagte: „Dann kauf dir doch einen Sexroboter!" Harry sagte eine ganze Weile nichts, sondern nuckelte an seiner Weinflasche, und verabschiedete sich dann mit den Worten: „Ich melde mich, wenns mir wieder besser geht, oder wenn ich so abgefuckt bin, dass mir alles egal ist", und welches von beidem nun zutrifft, ist mir nicht klar, denn ich habe nichts mehr von ihm gehört bis gestern, als die kurze Noreply-Nachricht kam, ich solle ihn besuchen.

Etliche hundert Schlaglöcher später biege ich in die Straße, die zum Dorf führt. Gleich hinter der Kurve sehe ich ein paar Blechhütten, die hier früher nicht standen, und zwei schwarz gekleidete Typen mit Gewehren, die auf den Resten des Gehwegs patrouillieren. Ich fahre langsamer und die Kerle gucken in mein Auto, einer verzieht das Gesicht und der andere winkt mich weiter, und ich atme tief durch, als ich zwei oder drei Minuten später vor Harrys Haus parke.

Es sieht noch fast genauso aus wie früher, nur die Farbe ist ziemlich abgeblättert und im Garten ragen Kabel aus der nackten Erde. Ich klingle, woraufhin sich die Kamera oben in der

Ecke auf mich ausrichtet, offenbar in der Absicht einen Face-Check zu machen, und anfängt wie verrückt zu blinken, bevor sie nach unten klappt und eine kleine Rauchwolke ausstößt. Ich will gerade nochmal klingeln, als sich die Tür öffnet und Harry dasteht.

„Irgendwas stimmt nicht mit deiner Kamera", sage ich. Die Falten in seinem Gesicht scheinen mir noch tiefer geworden zu sein seit dem Videocall und das Blau seiner Augen wässriger, er sieht aus wie Anfang 70, obwohl er gerade mal Mitte 50 ist. Ich rieche Alkohol, als er mich umarmt. „Ich weiß", sagt er, „aber ich muss erst in die Küche. Die App vom neuen Coffee-Maker ist abgestürzt. Scheißteil, hab ich diese Woche erst gekauft."

Ich setze mich im klimatisierten Wohnzimmer auf das rote Ledersofa und halte ein bisschen Smalltalk mit der ausgestopften Antilope, die Harry angeblich von einer Safari mitgebracht hat, damals, als man noch nach Afrika reisen konnte. Plötzlich fängt es schräg über mir an zu rauschen und Wasser tropft auf den Couchtisch. Ich stoße einen überraschten Schrei aus. Harry kommt rein und dreht an einem Schalter neben der Tür. „Die Lampe ist sprachgesteuert", sagt er, „was hast du zu ihr gesagt?"

„Sicher nicht, dass sie pinkeln soll", sage ich.

Harry zuckt mit den Schultern. „Ist irgendwas falsch verdrahtet", sagt er, „der letzte Elektriker, den mir die Corporation geschickt hat, war echt eine Nulpe. Die haben mich eh auf dem Kieker."

„Bist du denen zu subversiv?"

„Nö", sagt er, „ich trinke nur zu viel. Aber ich mache meinen Job immer noch besser als die meisten Idioten da."

„Na, dann ist ja alles gut", sage ich. Hatte schon fast geglaubt, dass Harry gekündigt hat, er redet seit 20 Jahren davon, und einer wie er passt auch nicht wirklich in die Corporation, aber er braucht wohl das Geld für Escorts und Sado-maso-Clubs, zumal man an die mittlerweile gar nicht mehr rankommt, wenn man nicht bei der Corporation ist.

„Ist ein bisschen dünn geworden", sagt er, als er die Kaffeetasse vor mich stellt, dann holt er eine Flasche Whisky aus dem Barschrank und geht zu seinem riesigen Screen, der neben der Antilope steht.

„Sorry", sagt er, ohne mich anzusehen, „ich muss mal kurz die Einstellungen ändern. Ich hab ne neue Smart-KI entwickelt, die mir die Nachrichten von dem Drecksanwalt meiner Ex vom Leib hält. Und von dieser Scheiß-Partnervermittlungs-App und den Weibern, die hinter mir her sind."

„Hey", sage ich, „sie sind also doch noch hinter dir her?"

„Die Weiber sind so gestört heutzutage, dass ihnen sogar jemand wie ich lieber ist als allein zu sein", sagt er.

„Ich sehe, du reflektierst dich", sage ich.

Er steht auf und lacht trocken. „Die Peitsche wollen sie trotzdem nicht spüren."

„Du hast doch gesagt, sie reagieren auf teure Geschenke."

„Hör bloß auf", sagt er, „ich bin noch im Rechtsstreit mit dieser Escort. War geil, aber ich hab das Safeword überhört und am nächsten Tag kam ne Nachricht von ihrem Anwalt. Die will fast so viel Kohle wie meine Ex. Außerdem kann ich jetzt die gesamte Escort-Szene vergessen. Ich warte nur noch drauf, dass die Corporation mich deswegen anscheißt."

Zum wiederholten Mal an diesem Tag bereue ich hierher gekommen zu sein. Harry war schon vor 20 Jahren nicht der netteste Zeitgenosse, aber so frauenfeindlich wie heute habe ich ihn nicht in Erinnerung. Außerdem war er damals wenigstens noch sexy.

„Und ich dachte schon, du wolltest mir deine neue Freundin vorstellen", sage ich.

Harry nickt mit dem Kopf und steht auf. Er grinst und hebt den Zeigefinger, und einen kurzen Moment lang sieht er fast glücklich aus. „Du sagst es", sagt er, „genau das will ich."

Sie hat lange schwarze Haare, einen Schmoll-
mund und große blaue Augen mit langen Wimpern. Ihre Haut sieht verdammt echt aus, allerdings ist ihre Fähigkeit zu laufen schwach aus-
geprägt, sodass Harry sie halb stützen, halb tragen muss.

„Es war deine Idee", sagt Harry und setzt sie neben mich auf das Sofa.

„Wow!", sage ich.

„Sie ist aus Japan", sagt er, „die haben China
mittlerweile abgelöst in Sachen Sexroboter."

„Süß", sage ich, weil mir nichts anderes einfällt.

„Sie heißt Sherry."

„Harry und Sherry", sage ich, „ist das dein
Ernst?"

„Hat mich an irgendeinen alten Film erinnert."
Er zupft Sherrys schwarze Korsage zurecht,
über der ihre nicht ganz kleinen Brüste heraus-
ragen.

„Hallo Sherry", sage ich und berühre vorsichtig
ihren Arm. Ihre Haut fühlt sich weich an und
ziemlich kühl.

„Sie erwärmt sich gerade auf Körpertemperatur", sagt Harry, „das dauert noch einen Moment."

„Körpertemperatur", sage ich, „das ist ja ein Luxus."

„Sie ist eins der neuesten Modelle, extra für mich konfiguriert. War nicht billig, aber alles, was ich raushaue, kriegt meine Ex nicht."

„Ich hoffe, es hat sich gelohnt", sage ich.

„Und wie!", sagt er und kneift leicht in Sherrys Brust. „Die Titten sind klasse. Ihre Möse ist perfekt auf meinen Schwanz angepasst. Und sind ihre Augen nicht schön? Guck mal!"

Ich beuge mich vor und blicke in Sherrys Gesicht und im gleichen Moment verzieht sie ihre Lippen zu einem Lächeln. Erschrocken fahre ich zurück.

„Sie steht auf dich", sagt Harry, „wir könnten mal einen Dreier machen."

„Ich weiß nicht ..."

„Heute sowieso nicht. Sie muss sich erstmal an mich gewöhnen."

„Okay", sage ich.

„Sie ist nämlich lernfähig", sagt er, „und sie ist masochistisch."

Er nimmt sein Phone vom Tisch und wischt mit dem Finger über das Display. „Per App bedienbar", sagt er.

Sherry klimpert mit den Augen.

„Guten Morgen, Herr", sagt sie.

Ich zucke zusammen, als ihre Stimme ertönt. Sie klingt ein bisschen echter als die üblichen Cybersex-Stimmen.

„Hey, es ist drei Uhr nachmittags", sage ich.

„Unterbrich sie nicht!", sagt Harry in einem ziemlich unfreundlichen Tonfall.

„Sorry", sage ich.

„Ich warte auf deine Befehle, Herr", sagt Sherry, „möchtest du mich auspeitschen? Sherry war heute nicht brav."

„Was hast du getan, Sherry?"

„Sherry hatte lüsterne Gedanken."

Ich frage mich, warum sie von sich in der dritten Person spricht wie ein Kleinkind, wage aber nicht diese Frage Harry zu stellen, sonst wird er vielleicht noch unwirscher.

„Erzähl mir von deinen lüsternen Gedanken", sagt Harry.

„Sherry hat an einen anderen Mann gedacht", sagt Sherry, „an den großen Blonden, den wir kürzlich im Film gesehen haben."

„Ihr guckt Filme zusammen?", sage ich.

Harry ignoriert mich. „Was hast du mit ihm gemacht?", fragt er.

„Sherry hat ihm einen geblasen", sagt sie.

Harry packt Sherry und legt sie bäuchlings über das flache Ende des Sofas. „Ich will ein paar Details hören", sagt er und steht auf. Während er das Wohnzimmer durchquert und in einem Nebenraum verschwindet, spult Sherry ein paar ziemlich klischeehafte Pornophrasen herunter, die ihre oralen Aktivitäten mit dem blonden Schauspieler genauer beschreiben. Mir ist nicht ganz klar, ob sie mit mir redet oder ob sie nicht bemerkt hat, dass Harry den Raum verlassen hat, also ziehe ich mich schweigend in die Sofaecke zurück.

Harry kommt wieder, einen Flogger in der einen und eine Reitgerte in der anderen Hand. Er schwingt den Flogger ein paar Mal durch die Luft und lässt ihn dann auf Sherrys Hinterteil landen. Sherry stöhnt.

„Hat sie Sensoren am Po?", frage ich.

„Sie hat überall Sensoren", sagt Harry. Je heftiger er zuschlägt, desto lauter wird Sherrys Stöhnen. Es geht mir irgendwie auf die Nerven. Aber immerhin hat sie mit dem Porno-Gequatsche aufgehört.

Harry hält kurz inne und ich hoffe schon, dass die Sache vorbei ist. Aber Sherry spricht wieder:

„Mehr, Herr, bitte!", sagt sie.

„Hast du sie so programmiert oder ist das eine Default-Einstellung?", sage ich.

„Dumme Frage", sagt Harry ohne mich anzusehen, „sie ist intelligent. Sie entwickelt sich weiter. Mir zuliebe, verstehst du?"

Er nimmt jetzt die Gerte und streichelt damit über Sherrys Beine. Als sie leise stöhnt, holt er aus und schlägt zu. Sherry stöhnt lauter. Nach dem dritten Schlag fängt sie an zu schluchzen. Erst jetzt nehme ich wahr, dass ihr Hinterteil sich gerötet hat und auf ihren Oberschenkeln Striemen zu sehen sind.

„Harry!", sage ich, „mach sie nicht kaputt!"
Harry achtet nicht auf mich. Ich starre auf die Striemen, während Sherry weint und schreit. Ob sie irgendwann anfängt zu bluten? Sie ist eine Maschine, sage ich mir, sie spürt nichts. Und Harry? Wie weit kann man gehen, wenn es keine Grenze gibt?

Bevor ich noch etwas sagen kann, hört Harry mit dem Schlagen auf. Er guckt mich an als habe er völlig vergessen, dass ich hier bin, schüttelt den Kopf und legt die Gerte beiseite. Seine Hände zittern.

„Warum hast du mich nicht gestoppt?", fragt er mich.

„Ich hab doch ..."

„Ach, vergiss es!", sagt er. Ich habe keine Ahnung, warum er wütend auf mich ist. Er kniet sich neben Sherry nieder und legt seine Hand auf ihre Silikonwange.

„Sherry-Schatz, ist alles okay?", fragt er.

„Mein Herr", sagt sie, „du kannst mit mir machen, was du willst."

Er richtet sie vorsichtig auf, setzt sie auf das Sofa zwischen uns und legt seinen Arm um ihre Schulter.

„Ich tue ihr zu sehr weh", sagt er.

„Sie spürt doch keinen Schmerz", sage ich.

„Hast du ihre Striemen gesehen?"

„Dann gib ihr halt ein Safeword", sage ich, „wenn das geht."

„Das bringt doch nichts", sagt er, „sie hat keinen eigenen Willen."

Er lehnt seinen Kopf an Sherrys Brust und streichelt ihren Bauch. „Geht es dir wirklich gut, mein Mädchen?" fragt er.

„Ja, Herr, mir geht es gut", sagt Sherry.

„Siehst du", sage ich.

„Ich weiß nicht, ob ich ihr das glauben soll", sagt Harry, „die Striemen verschwinden ja wieder, sogar schneller als bei echten Weibern. Aber ich frage mich immer, was in ihrem Kopf vorgeht. Ob sie wirklich maso ist oder das nur mir zuliebe mitmacht."

„Hast du dich das bei der Escort auch gefragt, deren Safeword du überhört hast?", frage ich.

Er antwortet nicht. Ich denke an den langen, mühsamen Rückweg und nehme einen Schluck aus der Kaffeetasse, die ich bisher kaum angerührt habe. „Ich glaube, ich geh jetzt besser", sage ich.

Harry beachtet mich nicht weiter. Er streichelt Sherrys Haar. „Wir gehen jetzt ins Bett, Süße", sagt er, „und dann wärme ich dich, damit du was Schönes träumst."

Sherry stößt einen Seufzer aus, der sich verdammt menschlich anhört. „Ich liebe dich, Herr", sagt sie.

„Ich liebe dich auch, Sherry", sagt Harry, und eine Träne läuft über seine faltige Wange.

Der State Secretary in Nöten

I

„Ich bin für Waterboarding", sagt Gorilla, und keiner beachtet ihn außer dem State Secretary, der am Kopf des langen Tisches sitzt und gerade das Gefühl hat, dass seine Krawatte ihn strangulieren will, und sich dennoch verpflichtet fühlt einen Einwand zu machen: „Wir leben in einer zivilisierten Gesellschaft", sagt er, und ihm bricht der Schweiß aus, obwohl er heute Morgen drei BeCool-Pillen genommen hat und eine AntiTranspire, „Folter ist einfach nur 20. Jahrhundert", sagt er, und bevor er weiterreden kann, sagt Siebold: „Gorilla macht doch nur Witze!", und alle gucken wieder auf den Screen, und der State Secretary sitzt da und riecht seinen eigenen Schweiß und fragt sich, warum man Kriege mit KI-gesteuerten Drohnen zu führen in der Lage ist, aber kein Deo erfindet, das diesen

grässlichen Schweißgeruch rückstandslos eliminiert, und dann denkt er, ich habs versaut, sie
wissen es, sie wissen alles, sie haben mich schon
abgeschrieben, es ist nur eine Frage der Zeit, bis
ich draußen bin, bis ich genauso am Arsch bin
wie die, um die es da in Siebolds wöchentlicher
Präsentation geht, die Leute also, die eliminiert
werden müssen, weil sie Widerstand leisten gegen die Wahrheit, diese Leute, die manche in-
tern Hexen nennen, was natürlich nicht nach au-
ßen dringen darf, weil es an Zeiten erinnert, in
denen Frauen wegen ihres Geschlechts nicht nur
diskriminiert, sondern auch gefoltert und ver-
brannt wurden, an unzivilisierte Zeiten also, deren endgültiges Hintersichlassen das vorran-
gige Ziel dieser ganzen Sache ist, wobei der Begriff darüber hinaus suggeriert, es ginge nur um
Frauen, dabei geht es um Menschen jeden Geschlechts, die gegen die Wahrheit kämpfen, und
nein, er, der State Secretary, ist keiner von denen, er war immer einer, der für die Wahrheit
war, für die Wahrheit der Corporation, welche

die einzige Wahrheit ist, denn alles, was die Corporation und ihre KI über das Netz verbreiten, kann nur Wahrheit sein, und das hat er nie in Zweifel gezogen, aber er hat sich täuschen lassen, hat sich verführen lassen von einer, auf die der Begriff der Hexe so gut passt, dass es ein Hohn ist, einer Rothaarigen, einer, von der er von Anfang an hätte ahnen müssen, das sie Systemfeindin ist, einer, die Informationen sammelt, um andere aufzuwiegeln und ihnen weiszumachen, dass die Corporation die Menschheit vernichten will, was natürlich Unsinn ist, denn die Corporation verdient einen Haufen Geld an der Menschheit, und außerdem, denkt der State Secretary, während der Schweiß in seine Hemdärmel tropft, haben diese Asozialen und Hexen noch nicht begriffen, dass die Begriffe sich verändert haben, Begriffe wie Menschheit, wir haben sie geändert, um der Wahrheit zu dienen, denkt er, denn wir wollen mitnichten die Menschheit vernichten, sondern sie verbessern, optimieren, wir wollen verhindern, dass es so etwas wie Waterboarding noch gibt, und dass Leute wie Gorilla, der ohnehin nur deshalb an diesem Tisch sitzt, weil er über ein mafiöses Netzwerk verfügt, das gegen ausreichende Bezahlung die Leute eliminiert, die sich mit zivilisierten Methoden nicht verbessern lassen, dass also Leute wie Gorilla in Zukunft gar nicht mehr geboren werden, was voraussetzt, denkt der State Secretary, dass wir die Methoden von ihm und seinem mafiösen Netzwerk nicht mehr brauchen, was aber wiederum voraussetzt, dass wir verfeinerte Methoden entwickeln, zivilisiertere Methoden, die genauso effizient sein müssen, um die Hexen und Systemfeinde zu identifizieren und eliminieren und um zu verhindern, dass sie die Welt mit ihrem Nachwuchs verseuchen, was eben der Grund ist, weshalb Siebold auf dem Screen diverse Methoden zur Diskussion stellt, die von der AG *DigExAI* entwickelt wurden (der Name steht für *Digital Exile for Antisocial Individuals*, wobei AI natürlich auch auf die künstliche Intelligenz hinweist, man bemerke diese Doppeldeutigkeit, für welche die Agentur, die den Namen entwickelt hat, ein paar Millionen extra bekam), denn, denkt der State Secretary, während er so unauffällig wie möglich eine CalmDown-Pille aus ihrer Packung schält und unter seine Zunge schiebt, wir leben nun mal in einer Gesellschaft, die auf Algorithmen und KI basiert zum Wohle der Menschheit, der neuen Menschheit, und außerdem ist alles transparent, was wir hier entscheiden, auch wenn natürlich nicht alles kommuniziert wird, weil sonst die Dummen da draußen wieder aufschreien und in ihren Slums rebellieren würden, aber de facto erfährt die Menschheit alle Ergebnisse, zu denen wir hier kommen, direkt oder indirekt, und so soll das auch in Zukunft sein, denkt der State Secretary, der Zukunft, die wir hier schaffen, der Zukunft, die auch meine ist, auch wenn ich nicht mehr der Jüngste bin, der Zukunft, die ich mir in den letzten Wochen versaut habe, weil ich meine grässlichen körperlichen Begierden ebenso wenig im Griff habe wie meinen Schweiß.

II

„Diese Schlampe", sagt der State Secretary zu Dolly, als er endlich zu Hause ist und sich ein Glas Whisky eingeschenkt und drei RelaxNow-Pillen geschluckt hat, als ihn endlich keiner mehr beobachtet außer Dolly mit ihren veilchenfarbenen Augen, die nicht wirklich beobachtet, weil er sie offline geschaltet hat: „Diese verlogene Bitch", sagt er, „ich hätte es wissen müssen, ich bin so dumm, dabei hatte ich IQ 155 bei diesem neuen Test, den die Corporation entwickelt hat, ja, 155, oder vielleicht wars auch 115, egal, jedenfalls über dem Durchschnitt, und trotzdem falle ich auf diese rothaarige Schlampe rein, die eigentlich sowieso viel zu alt für mich war, naja, ihre Titten waren noch ganz gut in Schuss, und vor allem diese Blowjobs, die sie drauf hat, das sag ich dir, Dolly, also ich meine es ja nicht böse, aber bei dir ist die Programmierung da irgendwie noch nicht progressiv genug, obwohl du ja schon verdammt teuer warst, aber egal, mir hätte klar sein müssen, dass diese Menschentusse nicht sauber war, die wollte noch nicht mal teure Geschenke, und ich bin so unfassbar blöd und bringe die in den Inner Circle, ich bequatsche den Siebold, ihr nen Job bei der Corporation zu geben, der Typ ist sowieso viel zu gutmütig, heute beim Meeting hat Gorilla mal wieder Schwachsinn gelabert, und der Siebold hat doch tatsächlich gesagt: ‚Der macht nur Witze!', ha, Witze!, wir haben den Humor schließlich abgeschafft, und das mit Recht, also der Siebold ist definitiv am Ende, das Problem ist nur, dass er mich in die Sache reinziehen wird, und dann werden sie ankommen und mich fragen, was da lief und woher ich die kenne, und das alles nur, weil ich zu blöd war mir ein Profil von dem Flittchen erstellen zu lassen, dabei hatte ich sogar Fotos von ihr, das

Miststück hat nicht mit den Wimpern gezuckt, als ich sie fotografiert habe in allen Posen, sogar ihren Arsch habe ich fotografiert, naja, das hätte nicht viel gebracht fürs Profil, aber ihre Nase hätte FaceCheck gefunden und ihre scheinheiligen blauen Augen, aber selbst dazu war ich zu blöd, und die werden mir meine ID wegnehmen und mich in die Slums setzen oder vielleicht sogar nach Alaska schicken, ach, Dolly, so eine Scheiße, du bist die einzige, mit der ich darüber reden kann", und Dolly sieht ihn an und nickt, ihr Lächeln sieht seltsam aus, wenn sie offline ist, wirkt es künstlicher, denn dann ist sie nicht mehr richtig sie selbst, was ihm irgendwie leidtut, aber wenn sie online wäre, könnte die Security mithören, und er weiß ja nicht, ob er schon unter Verdacht steht, und er fragt sich einen Moment lang, ob sie nicht ohnehin mithört, es gibt so viele Möglichkeiten, selbst in einer Position wie der seinen kann man nicht alle kennen, was ist das nur für ein Leben, wenn man niemanden mehr hat, dem man etwas erzählen kann, niemanden, der einen versteht, der einem verzeiht, wenn man Mist gebaut hat, niemanden außer einer beschissenen Sexpuppe, nein, das ist ungerecht, Dolly ist wirklich hübsch und ihr Lächeln, selbst ihr künstliches, ist freundlich, und sie ist alles, was er noch hat.

III

Er will sich gerade einen Sugar-Free Protein Pudding mit Himbeeren aus Vertical Farming aus der Buffettheke nehmen, als ihn jemand von hinten anrempelt, und er ärgert sich sofort, denn Anrempeln ist erst kürzlich in die Liste der No-Dos aufgenommen worden, für die man angezeigt werden und bei Wiederholung Einschränkungen der ID bekommen kann, doch als er sich umdreht und dies anmerken will, freundlich natürlich, weil man immer freundlich sein muss, blickt er in Siebolds Gesicht und verzieht den Mund zu einem Zwangslächeln, das Siebold nicht erwidert, sondern stattdessen so leise, dass der State Secretary ihn kaum verstehen kann, sagt: „Wir müssen reden", was genau die Formulierung ist, die der State Secretary seit Wochen fürchtet, nur dass er sie nicht im Flüsterton und nach vorherigem Anrempeln in der Corporation-Mensa erwartet hat, sondern laut und offiziell und schlimmstenfalls während der wöchentlichen Sitzung, und er fühlt sich einen Moment lang erleichtert, bis er wieder wahrnimmt, dass Siebold für dessen Verhältnisse äußerst grimmig aussieht, und er nickt nur leicht mit dem Kopf, und Siebold sagt laut: „Entschuldigung, verehrter State Secretary, ich bin aus dem Tritt gekommen, werden Sie mir verzeihen?", und hält ihm eine Hand hin, wohl zum Händedruck, was heutzutage unüblich ist wegen der Pandemievermeidungsvorschriften, aber dem State Secretary bleibt nichts übrig als darauf einzugehen, und ehe er etwas sagen kann, ist er die Hand schon wieder los und fühlt statt dessen etwas darin, ein Stück Papier, und er steckt es in die Tasche, während Siebold zur Kasse geht, und guckt es sich später an, auf dem Klo, es ist tatsächlich ein handgeschriebener Zettel, völlig oldschool, und es steht nichts weiter drauf als eine Uhrzeit und eine Adresse und der Name eines Etablissements, in dem Siebold ihn offenbar erwartet, und darunter die Worte: ‚Seien Sie da oder es gibt Ärger. Strengste Diskretion. Kommen Sie privat, keine Begleiter, kein Chauffeur, kein Navi.'

IV

Die Straße ist finster, immer wieder gesäumt von Flammen, und der State Secretary starrt durch die Windschutzscheibe mit müden Augen, er wäre jetzt gerne in seinem Penthouse, von dort aus sehen die brennenden Müllcontainer hier draußen aus wie Glühwürmchen, er reißt das Lenkrad herum, weil einer auf die Straße torkelt, obwohl sie ihm eigentlich egal sind, dieses Pack, diese Neandertaler, für deren Verwaltung er täglich hochkomplexe Regeln entwickelt, um Ruhe vor ihnen zu haben, und jetzt muss er hier seinen ältesten Privatwagen mit Mühe durch ihre ekelhaften Straßen navigieren, weil dieser Schwachkopf Siebold ihn in eine Bar bestellt hat, die offenbar in diesem Asozialenviertel liegt, zumindest hat Dolly das behauptet, wobei er Zweifel hat an ihrer Navigationskompetenz, wenn sie offline ist, aber Siebold hat ja geschrieben: ‚Kein Chauffeur, kein Navi‘, also blieb nur Dolly, die sitzt jetzt neben ihm mit ihrem ewigen Lächeln und ihren viel zu glatten schwarzen Haaren und sagt: „Rechts abbiegen", und er biegt rechts ab in eine noch engere Straße, und Dolly sagt: „Du bist nicht gut drauf, das tut mir leid", und er sagt: „Halt die Klappe und stell deinen Empathie-Modus ab", und sie sagt: „Tut mir leid, Schatz", und ihm wird klar, dass der Modus nur über die PIN steuerbar ist, die ihm jetzt nicht einfällt, weil seine Gedanken bei Siebold sind und dem, was der wollen wird, er ahnt, dass es um die Rothaarige geht, und Dolly sagt: „Die nächste links, Darling, dann sind wir schon da", und er atmet tief ein und aus und sagt: „Danke, Dolly, Schatz."

V

Der Türsteher mustert ihn abfällig, lässt ihn aber durch, die Stufen hinab zur Kellerbar, wo Bässe dröhnen, Techno-Musik von vor dreißig Jahren, und drinnen riecht es sauer, und hinten an einem kleinen Holztisch im halbleeren Raum sitzt Siebold, sieht aus, als käme er gerade aus dem Bett, und sagt: „Hallo, schön dass du gekommen bist" und winkt dem Kellner, der ein echter Mensch ist mit tätowierter Glatze und Nietenweste. „Ist das ne Sado-Maso-Kneipe?", fragt der State Secretary, und Siebold sagt: „Hier gibts keine ID-Kontrolle", und der State Secretary sagt: „Gehören wir jetzt zu den Asozialen?", und Siebold sagt: „Demnächst vielleicht, wenn deine rothaarige Schlampe Firmengeheimnisse rausgekriegt hat", und der State Secretary lehnt sich zurück und schließt die Augen, und Siebold sagt: „Ihre ID ist nicht sauber und wir nehmen an, dass sie Kontakt mit mindestens einem registrierten Systemfeind hat", und der State Secretary sagt: „Du hast sie doch in die Firma gebracht", und Siebold sagt: „Jetzt komm mir nicht auf die Tour, ich hab dir nen Scheiß-Gefallen getan, weil du auf die Schnepfe stehst. Erzähl mir mehr über die Tusse", und der State Secretary sagt: „Ich hab sie überprüft, da war ihre ID noch in Ordnung", und er hofft, dass Siebold nicht merkt, dass er lügt, der Typ ist ja kein bisschen feinfühlig, dafür aber misstrauisch, denn er sagt: „Na, wenn das mal wahr ist", und der State Secretary sagt: „Ich verbitte mir das, ich bin der State Secretary, und außerdem hänge ich genauso drin wie du", und Siebold sagt: „Ich schätze, wir müssen sie eliminieren." Und der State Secretary, der daran natürlich auch schon gedacht hat, seufzt und sagt: „Ich hab keinen Bock mehr auf diese Killer-Scheiße", und Siebold sagt: „Gorilla könnte das übernehmen", und der State Secretary sagt: „Du vertraust Gorilla?", und Siebold sagt: „Ich hätte da noch ne andere Möglichkeit."

Der Kellner bringt endlich die Coke und der State Secretary lehnt sich zurück und sagt: „Nur zu!", und Siebold erzählt von diesem Typen, dem mutmaßlichen Systemfeind, IT-Freak, hat früher für die Corporation programmiert, bevor er abtrünnig wurde, und die rothaarige Schlampe habe ihn wohl öfter zum Vögeln in seinem Kellerloch besucht, und der State Secretary sagt spontan: „In den letzten Monaten?", und Siebold lacht, dieser Drecksack, und sagt: „Ja, das tut weh, wenn man nicht der einzige ist, naja, jedenfalls ist der Typ jetzt in Pennsylvania im Forschungszentrum, da zapfen sie seine grauen Zellen an, und wir schenken ihr einfach nen Flug da hin, dann ist sie happy, denn – auch wenns dir nicht schmeckt – die steht auf den Spasten, und wenn der Idiot seine Schuldigkeit getan hat, dann setzen wir beide in Alaska aus und fertig." Der State Secretary wiegt den Kopf und denkt, dass Siebold gar nicht so dumm ist, wie er dachte, und Siebold sagt: „Ich übernehme das alles und du bist raus aus der Scheiße, vorausgesetzt die Schlampe hatte nicht noch andere Kontakte, also halt die Ohren offen und double-check alles, was du machst", und der State Secretary ringt sich ein Danke ab, und Siebold sagt: „Ich wollte schon immer in die Politik, nur ist die Bezahlung da so schlecht", und der State Secretary sagt: „Da lässt sich sicher was machen", und er steht auf, denn er erträgt dieses Gespräch nicht länger, und Siebold sagt: „Trink doch ein Bier", und der State Secretary sagt: „Ich muss selber fahren, ich hab nur Dolly dabei", und Siebold guckt ihn an mit Entsetzen im Blick und sagt: „Warum zum Teufel ...?", und der State Secretary sagt: „Ich hab sie offline gesetzt", und Siebold sagt, jedes Wort einzeln betonend: „Dann muss sie das wohl bleiben!"

VI

Der State Secretary geht als erster raus, während Siebold die Coke zahlt, und er fragt sich, was der da drin noch treiben wird mit dem Sado-Maso-Kellner, die sind doch alle pervers, diese Corporation-Leute, die können sichs halt auch leisten, weil sie Kohle haben und nicht in der Öffentlichkeit stehen, ihm ist ein Rätsel, warum so jemand in die Politik will, wo er immer das Drecksvolk an den Hacken hat, und als er im Auto ist, fragt er Dolly, was sie davon hält, und sie sagt: „Ich glaube, es ist die Macht, mein Schatz, solche Leute wollen gesehen werden", und er sagt: „Danke, dass du so lange gewartet hast" und gibt ihr einen Kuss auf die kühlen Lippen und denkt, dass er nicht mehr gesehen werden will, am liebsten wäre er daheim in seinem Bett, und Dolly könnte bei ihm liegen, loyal und immer zu Sex bereit, warum zum Teufel hat er sich über-

haupt mit der rothaarigen Menschentusse ein-
gelassen, wo er doch Dolly hatte, aber das Leben
ist nun mal so, und er kommt da nicht raus.

Die Straße führt zwischen Lagerhallen hin-
durch, und die Straßenlaternen sind alle kaputt,
kein Mensch zu sehen, weiter vorne schlägt
Feuer aus einem Müllcontainer, und der State
Secretary tritt auf die Bremse. Er weiß jetzt wieder die PIN und sagt: „Es tut mir leid, mein
Schatz", bevor er Dolly abschaltet und aus dem
Wagen hebt, und dann steht er bebend in der ru-
ßigen Kälte und wartet, bis die Flammen sie auf-
gezehrt haben. Seine Dolly.

VII

Er verfährt sich dreimal auf der Rückfahrt, aber
dann ist alles gut, zurück im Penthouse, nichts
Wichtiges auf dem Phone, seine Hände zittern
nur leicht, als er sich Wein eingießt vorm Pano-
ramafenster. Morgen wird er Ersatz für Dolly

bestellen, eine Rothaarige vielleicht, und dann muss er einen Posten für Siebold besorgen, es wird schon alles gut, und draußen leuchten die Glühwürmchen.

Comedy im Dying Deer

Sie hat es sich gerade auf der hintersten Bank gemütlich gemacht, so gut das geht in dieser neuen Generation von E-Bussen mit Hartplastiksitzen und Werbedisplays in jeder Reihe, da spürt sie drei rhythmische Vibrationen der Watch an ihrem Handgelenk, und sie wünscht sich, sie hätte das Ding gar nicht mitgenommen – aber dann hätte der Control Robot sie gar nicht in den Bus gelassen, und, wer weiß, womöglich gibt es inzwischen sogar im Dying Deer den ID-Check, sie war ja schon länger nicht mehr da –, und blöderweise ist es auch noch die LoveMe-App, wegen der sie schon mal drei Monate eingeschränkt wurde, und so gibt sie wieder mal nach und tippt auf das rote Herz, das auf dem Display pulsiert.

Der Typ hat sich direkt per Videochat mit ihr verbunden, was nicht gerade die feine Art ist, er sieht nicht übel aus, aber das spielt keine Rolle – je mehr Kerle sie abweist, desto besser sehen die aus, die sie zu ihr durchlassen –, und er fängt gleich an mit dem üblichen Geschleime: „Hey, dein Foto sieht echt cool aus", und bevor sie etwas sagen kann, hat sich auch schon ihre Kamera aktiviert, das lässt sich in der Drecksapp nicht mehr abstellen seit dem letzten Update, und der Typ sagt: „Wow, in echt bist du noch viel hübscher", seine Augen strahlen blau, sie traut denen nicht, kein bisschen, und sie bedeckt die Watch mit der Hand und sagt: „Sorry, bin gerade unterwegs, können wir später quatschen?", und er sagt: „Klar, vielleicht im Dying Deer?", und sie erschrickt und ist zugleich erleichtert, dass er ihren Gesichtsausdruck nicht sehen kann, und sie sagt: „Wie kommst du denn auf die Idee?", und er sagt: „Ich kenne dich gut, Süße, wir sind doch Real Friends", und sie sagt: „Du Spinner hast mich noch nie gesehen, hast du doch gerade selber gesagt", und er lacht, und sie atmet tief durch – nicht verunsichern lassen, solche Typen gibt es immer wieder, Scammer, Hacker, nur nicht persönlich nehmen! – und sagt: „Ich besuche einen Freund", und er sagt: „Ich sag einfach Hallo, wenn wir uns sehen im Deer", und sie sagt: „Da kannst du lange warten, niemand will in diesen Drecksladen", und er sagt: „Mach locker, Süße, wir sehen uns", und dann ist er weg.

Sie steht kurz auf und guckt, wer noch im Bus sitzt, da vorne ein Mann allein, der hat eine Glatze, aber man weiß nie, ob die Leute sich mit KI aufhübschen in der App, egal, sie kann ja nichts machen, also blickt sie aus dem Fenster auf Industriebrachen, die noch unter Wasser stehen von den Regenfällen, und auf die Lichter der Screens an der Straße, Werbung für Babynahrung und irgendeinen neuen Hausroboter, lächelnde Paare in sterilen Wohnungen, nicht gerade die Zielgruppe, die hier lang fährt um diese Zeit, denn hier gehts nur zu Lagerhäusern und Slums – und zum Dying Deer, sie hat es Drecksladen genannt, obwohl es das einzige Lokal ist, in das man noch gehen kann, ohne totalüberwacht und ständig mit Werbung bombardiert zu werden, das einzige, in dem man vielleicht ein paar Leute trifft, die sich trauen ihre Meinung zu sagen, wenn die nicht dem Mainstream entspricht, und sie hat das Deer verleugnet, weil sie offenbar inzwischen zu denen gehört, die sich nicht mehr trauen was zu sagen, und sie schämt sich für ihre Angst, dafür, dass sie Schiss hatte vor so einem Idioten, der sich in ihre Daten gehackt haben muss, denn wie sonst kann er wissen, dass sie in einem Bus sitzt, der in diese Richtung fährt, und sie fragt sich einen Moment lang, ob der Typ vielleicht ein Bekannter von Woody ist, der ist der einzige, der weiß, dass sie heute zum Deer fährt, weil sie eigentlich mit ihm zusammen hingehen wollte, nur dass Woody heute Abend ein Date hat über diese verdammte App, was an sich schon fragwürdig ist, denn Woody hat dieser aufgezwungenen Partnersuchmanie bisher erfolgreich widerstanden, und wenn er tatsächlich jemanden findet, ist sie wahrscheinlich ihren besten

Freund los, denn die Frauen werden immer eifersüchtiger, kein Wunder, wenn man als Single nichts wert ist, und sie ist echt enttäuscht von Woody, aber trotzdem kann sie sich nicht vorstellen, dass er solche Typen kennt wie den Anrufer, der sah zu geschniegelt aus mit dieser stromlinienförmige Frisur, und dann das künstliche Lachen, total suspekt.

An der Haltestelle vor den Slums ist sie die einzige, die aussteigt, was sie beruhigt auf dem Weg zum Deer, obwohl ihre Schuhe schlammig werden und sie dreimal von zugedröhnten Leuten angemacht wird, die Kippen, Drogen, Alkohol oder was zu Essen wollen – seit es kein Bargeld mehr gibt, sind die Antisozialen in den Slums völlig am Arsch, und sie ärgert sich, dass sie nicht dran gedacht hat wenigstens ein paar Kekse für sie mitzunehmen –, und dann hört sie von weitem das Hämmern von Bässen, also geht schon was ab im Deer, obwohl der Auftritt von Jason erst in einer halben Stunde anfängt, und als sie die geöffnete Tür sieht, hat sie so ein Ichbin-zu-Hause-Gefühl, das sie fast glücklich macht, so wie früher, als alles noch ein bisschen anders war, als die ID nicht wegen jedem Mist eingeschränkt wurde, als die Leute noch feiern gegangen sind, als sich keiner dran gestört hat, wenn sie allein unterwegs war und den einen oder anderen Mann abgeschleppt hat für nichts als geilen Sex, als es die LoveMe-App noch nicht gab.

Der Junge am Einlass guckt sie misstrauisch an und ein Security-Typ kommt dazu und fragt: „Sind Sie allein?", und sie sagt: „Ich bin eine alte Freundin von Jason Alexander", und er sagt nichts und nickt nur grimmig, lässt sie aber vorbeigehen, drinnen stehen eine Menge Leute, blaues Licht flackert über ihre Gesichter, die Beleuchtung im Deer war früher mal angenehmer, und sie schiebt sich an den nach scharfen Parfums riechenden Körpern vorbei in Richtung Bühne bis zu der Tür, die, wie sie weiß, zum Backstage führt und gerade unbewacht scheint, und dann läuft sie durch den Gang am Klo vorbei nach hinten, und da ist Jason Alexander, auf einem verschlissenen brauen Sofa sitzt er und hält eine Bierflasche in der Hand und guckt einem Typen zu, der eine Gitarre auspackt.

„Hey, Jason", sagt sie. Er dauert ein paar Sekunden, bis er sie erkennt, aber dann breitet sich auf seinem Gesicht ein Lächeln aus, das ihre Laune schlagartig hebt, und er steht auf und umarmt sie, er riecht nach Pfefferminze, und sie hält ihn fest, und er sagt: „Wenn ich gewusst hätte, dass du kommst, hätte ich noch bessere Gags mitgebracht", und sie sagt: „Deine Gags sind immer die besten", und sein Lächeln wird ein bisschen schmaler und er sagt: „Naja, es wird nicht einfacher ..." und sie sagt: „Hey, du bist hier, das ist so toll", und er sagt: „Fast hätte ichs gelassen, es gibt Gerüchte, dass die Corporation den Laden hier gekauft hat", und sie sagt: „Ich dachte, Lemmy ist noch Chef", und er sagt: „Jemand hat erzählt, dass Lemmy seine Hirnströme an die Corporation verkauft hat", und sie weiß nicht, ob er das ernst meint, bei Jason Alexander weiß man nie genau, was er ernst meint, außer man führt mal ein ganz privates Gespräch mit ihm, was sie früher dann und wann getan hat, aber inzwischen, so scheint ihr, traut er noch nichtmal ihr mehr wirklich, und wenn sie ehrlich ist, traut sie ihm auch nicht ganz – irgendwie muss er ja die richtigen Connections haben, sonst würde er gar nicht mehr auftreten, denn Live-Comedy ist so gut wie tot und die Comedians sind alle weg oder beim Fernsehen, auf der Bühne geht kaum noch was, denn wenn viele Menschen gemeinsam lachen, denkt sie, werden sie dem System zu gefährlich.

Doch darüber kann sie jetzt nicht mit ihm sprechen und sie fragt ihn statt dessen, ob er noch mit seiner Freundin zusammen ist, und er sagt, „Klar, man trennt sich ja heutzutage nicht einfach", und dann fragt er sie, ob sie noch Single ist, und sie sagt: „Naja, du weißt schon, ich bin nicht der Typ für ne feste Beziehung, aber diese LoveMe-App nervt mich ständig", und er sagt:

„Ja, dazu hab ich auch ein paar Gags", und sie fragt: „Im Ernst?", und er sagt: „Du wirst ja hören."

Ein Mann kommt durch die Tür und sagt: „Backstage ist nur für Künstler", und sie drückt Jason noch einmal und geht dann raus zum Tresen und kauft eine Cola, sie guckt sich um, ob sie den Typen von der App sieht, dann müsste sie so schnell wie möglich verschwinden, vielleicht wieder backstage oder aufs Klo, aber ihr Blick fällt nur auf ein paar Bekannte aus alter Zeit und sie geht hin, es sind zwei Männer, die früher oft allein hier waren, jetzt aber jeweils eine Frau dabei haben, und sie stellt sich den Frauen vor und sie reden ein bisschen oberflächliches Zeug, von wegen, wie toll, dass hier wieder was abgeht, man hätte schon gedacht, das Deer sei wirklich tot, haha, und die Blonde, die stark geschminkt ist, fragt sie: „Wo ist denn deine Begleitung?", und sie sagt: „Ich bin allein hier", und alle vier starren sie an, als hätte sie sich in einen Dinosaurier verwandelt und die

Make-Up-Tusse sagt: „Oh, sorry, das tut mir leid", und alle gucken betreten nach unten, und dann sagt einer der Männer: „Wir sollten uns mal einen Platz suchen."

Da ihre alten Bekannten keinen gesteigerten Wert auf ihre Gesellschaft zu legen scheinen, guckt sie sich noch ein bisschen um und sieht hinten in der Ecke einen Typen sitzen, der wirkt, als wäre er allein, er sieht ziemlich oldschool aus, lange Haare und eine runde Brille, und er nippt an einem Glas ohne den schweifenden Blick, den Leute an den Tag legen, deren Partner oder Partnerin sich gerade in einem anderen Bereich des Raumes aufhält, diesen Blick, der anderen Leuten sagen soll, dass da draußen jemand ist, der zu ihnen gehört.

Okay, wenn sie schon mal hier ist, könnte sie es eigentlich versuchen, und so geht sie zu dem Typen hin, beim Näherkommen sieht er noch sympathischer aus, und sie fragt ihn, ob der Platz neben ihm frei ist. „Klar", sagt er, obwohl sowas alles andere als klar ist. Sie setzt sich und guckt ihn von der Seite an, er hat den Blick geradeaus gerichtet. Jetzt kommt er ihr irgendwie bekannt vor, aber das bildet sie sich vielleicht nur ein, und sie fragt: „Bist du schon öfter hier gewesen?". „Was?", sagt er, und dann, nach kurzem Überlegen: „Ist schon ewig her. Ich war ne Weile unterwegs." „Bist du etwa im Ausland gewesen?", sagt sie, „ist ja schwierig geworden", und er sagt: „Ja, dazu muss man super angepasst und reich sein oder ein paar super angepasste und reiche Arschlöcher kennen", und dann guckt er sie an, freundlich und ziemlich intensiv, und sagt: „Hier drin gibts keine Wanzen", und sie sagt: „Ich dachte, Lemmy hat seine Gehirnströme an die Corporation verkauft", und der Typ lacht: „Gerüchte und Shitstorms", sagt er, „so bringt man inzwischen Leute um", und ihr fällt auf, dass da ein Stück Tattoo zu sehen ist über dem Kragen seines etwas zerschlissenen Hoodies, und sie fragt: „Geht das über die ganze Schulter?", und er versteht erst nicht, dann lacht er und sagt: „Ich zeigs dir gerne bei Gelegenheit", früher hätte sie das als mega plumpe Anmache gesehen, aber heute, wo jeder Idiot einem sofort was von Beziehung auf Lebenszeit vorschwafelt, ist solcher Shit echt progressiv, und sie sagt: „Sicher, solange du mir keinen Heiratsantrag machst", und er sagt: „Niemals, ich bin ewiger Single, ich hab sogar die verfickte LoveMe-App deinstalliert", und sie sagt: „Red keinen Unsinn, die kann man nicht löschen", und er sagt: „Oh, ich schon", und sie sagt: „Dann kannst du mir das auch gleich noch zeigen, bei Gelegenheit."

Im Saal wird es ruhig, jemand hat die Bühne betreten, es ist nicht Jason Alexander, sondern ein Mann in pinkem Hemd, der einen auf Showmaster macht, mit ausladenden Gesten erklärt er übers Mikro, dass sich der Comedy-Auftritt leider verzögert und wir erstmal ein bisschen Musik hören, richtig supergeile Musik, sagt er, ohne seinen Namen zu nennen, und sie fragt sich, wo Lemmy abgeblieben ist, der Eigentümer, sie weiß gar nicht mehr genau, wie der aussieht, nur, dass der nie so einen pinken Style hatte, und dann kommt der Mann auf die Bühne, der im Backstage seine Gitarre ausgepackt hat, und spielt „Love Me Tender" und dann „I Just Called To Say I Love You", fehlerfrei, aber irgendwie uninspiriert, als wäre er eine KI, und sie guckt den Langhaarigen an und als er zurückguckt, fasst sie Mut und macht eine Kopfbewegung in Richtung Ausgang, steht auf und geht zu der Nebentür, die direkt hinter ihrer Sitzreihe nach draußen führt und fragt sich einen Moment lang, ob der Typ sich da hingesetzt hat, damit er schnell raus kann, wenn irgendwas schief geht, und sie läuft durch den finsteren Gang, stößt die schwere Feuertür auf, ohne dass ein Alarm ausgelöst wird, und steht draußen auf dem Parkplatz.

Die Laternen auf dem Platz sind aus, offenbar müssen die sparen im Deer, über dem Horizont steht der Halbmond und daneben ein heller

Stern, oder vielleicht eine Raumstation, und davor erkennt sie allmählich die Wipfel von Bäumen, das kleine Stückchen Wald, hinter dem die Industriebrachen liegen, und dann öffnet sich auch schon die Tür hinter ihr und der Langhaarige kommt raus und direkt auf sie zu und sie sehen sich einen Moment lang an, und dann legt er seine Arme um sie und presst seine Lippen auf ihre und berührt ihre Zunge mit seiner und es fühlt sich verdammt gut an, bis ihr wieder die LoveMe-App und der ganze Mist einfallen und sie ihn ein Stück wegschiebt und sagt: „Hier sind doch sicher Kameras", und er sagt: „Nö, die sind nicht an", und sie sagt: „Woher weißt du das?", und er antwortet nicht, sondern küsst sie wieder und führt sie zur Hauswand, wo ein paar Kisten stehen, und sie setzen sich drauf und knutschen weiter, aber irgendwie ist sie nervös, sie würde lieber zum Wäldchen gehen und da weitermachen, und er sagt: „Okay", und sie tastet in ihre Jackentasche, ob das Kondom noch drin ist, das sie eingesteckt hat, obwohl sie nicht wirklich dran geglaubt hat, dass sowas passieren wird, da wird es plötzlich hell.

Sie drückt ihr Gesicht an die Brust des Langhaarigen, und er hält sie fest, und sie fühlt, dass auch er erschrocken ist, wenn auch nicht so sehr wie sie, will ihr scheinen. Von weiter her dringen Stimmen an ihr Ohr und sie dreht den Kopf zur Seite, um etwas zu sehen. Die Laternen sind eingeschaltet, und ein Kastenwagen mit brennenden Scheinwerfern steht vor der geöffneten Haupteingangstür des Deer, aus der Leute herauskommen und sich verteilen, als müssten sie Spalier stehen, glücklicherweise guckt keiner rüber zu ihnen beiden und sie würden vielleicht auch nicht viel wahrnehmen hier im Schatten an der Wand, und so bleibt sie still sitzen, dreht nur den Kopf noch ein bisschen weiter und sieht, dass ein paar von den Leuten Uniform tragen, und dass sie jemanden zwischen sich geklemmt haben, sie schieben und zerren an der Gestalt herum und einer brüllt etwas, die Tür des Kastenwagens öffnet sich und der Mensch, den die

Uniformierten aus dem Dying Deer gezerrt haben, wird hineingestoßen, und sie erkennt, dass es Jason Alexander ist.

Der Langhaarige hat seine Arme von ihr genommen und starrt irritierend gleichgültig vor sich hin, und sie flüstert: „Was geht hier vor?", als der Kastenwagen mit quietschenden Reifen abgefahren ist, und er sagt: „Vermutlich hat ihn jemand verpfiffen", und sie sagt: „Weshalb denn?", und er sagt: „Vielleicht hast du ihn verpfiffen", und sie schüttelt den Kopf, sie versteht überhaupt nicht, was er meint, und er sagt: „Ihr habt doch geredet, im Backstage", und sie blickt ihm ins Gesicht, diesem Fremden, mit dem sie gerade vorhatte Sex zu haben, und fragt: „Hast du mich beobachtet?", und er lacht, es ist kein fröhliches Lachen, irgendwie erinnert es sie an den Typen von der App heute, und er sagt: „Ich bin hier beschäftigt", und sie sagt: „Wie, beschäftigt?", und er sagt: „Ich vertrete Lemmy, solange er weg ist", und dann, bevor sie etwas sagen kann: „War nett mit dir, aber ich glaube, du solltest jetzt gehen" – was für ein Scheiß-Klischeesatz, aber es wäre in der Tat besser zu verschwinden, und so steht sie auf und geht über den Parkplatz, ohne zurückzublicken und ohne die Leute zu beachten, die paar- und grüppchenweise vor der Eingangstür herumstehen, und auf dem Rückweg sind keine Slumbewohner zu sehen und ihr Rücken kribbelt von der Angst, dass jemand sie verfolgt.

Der E-Bus kommt im gleichen Moment, in dem sie die Haltestelle erreicht, erstaunlich, abends fahren hier nicht viele Busse, sie fragt sich, wie spät es ist, guckt aber nicht auf ihre Watch, sie steigt einfach nur schnell in den Bus, der leer ist bis auf ein älteres Paar, das vielleicht jemanden in den Slums besucht hat, zumindest sehen die beiden noch ärmlicher aus als die übrige busfahrende Bevölkerung, die ohnehin meistens nicht reich ist, denn wer Geld hat, leistet sich mindestens ein Robotaxi wenn nicht ein eigenes Auto, wobei es natürlich auch Leute gibt wie sie selbst, die einfach lieber im Bus sitzen als in diesen ständig labernden Taxidosen, weil man hier noch ein bisschen was mitbekommt vom Leben da draußen, auch wenn sich nicht mehr viel abspielt in den nicht-digitalen Räumen und das, was sich abspielt, voller Gefahren steckt, so heißt es zumindest, und deshalb vermutlich halten diese beiden alten Leute einander an der Hand und sehen sich nicht um, und vielleicht haben sie recht damit, denn offenbar war sie zu leichtsinnig heute Abend, noch immer spürt sie die Küsse des Mannes auf ihren Lippen und weiß doch nicht, warum er sie geküsst hat, ob sie jetzt auf irgendeiner Liste steht, und sie fürchtet, das war ihr letzter Besuch im Dying Deer, das ist jetzt ein verbrannter Ort wie so viele andere, und sie fragt sich, ob sie Jason Alexander wiedersehen wird, wenn er wieder raus kommt, sie hofft, dass er bald wieder raus kommt, Promis werden eigentlich nie lange aus dem Verkehr gezogen, das fiele zu sehr auf, meistens sind sie schnell wieder da und machen Werbung für das System und die Corporation,

als wären sie irgendwie hirngewaschen wurden, was jedoch, so heißt es, ein Gerücht sei, eine
Verschwörungstheorie, denn tatsächlich sähen
die meisten Leute, die vom Weg abgekommen
seien, schnell wieder ein, wie gut das System in
Wahrheit ist und dass die Corporation nur ihr
Bestes will.

Das Vibrieren der Watch reißt sie aus ihren Gedanken, sie hätte es ahnen müssen, es ist die
LoveMe-App, es ist der gleiche Typ wie auf der
Hinfahrt, sein Gesicht vor dunklem Hinter-
grund, und sie deckt diesmal nicht die Kamera
ab, weil es ohnehin keinen Sinn hat, und er sagt:
„Süße, du bist schon eine scharfe Braut, aber du
solltest auf dich aufpassen", und sie sagt nichts
und er sagt: „Ich finde ja sexuell offene Frauen
ziemlich cool, aber das ist nicht mehr angesagt
heute, und man muss ja mit der Zeit gehen.
Warst du mit Jason Alexander eigentlich auch in
der Kiste? Das solltest du in Zukunft besser lassen. Es ist Zeit für eine feste Beziehung, am besten mit jemandem, der dich vor zukünftigen

Verstrickungen bewahrt." Verstrickungen, der Typ hat eine komische Art zu reden, und irgendwie erinnert er sie ein bisschen an den Langhaarigen im Deer, obwohl die beiden einander kein bisschen ähnlich sehen, vielleicht wird sie schon paranoid. „Ich will keine Beziehung", sagt sie und fügt schnell an „mit dir", weil ein absolutes Statement möglicherweise von der App gemeldet und dann ihre ID wieder eingeschränkt würde oder Schlimmeres, und er sagt: „Du hast keine Wahl, Süße", und dann ertönt der Hochzeitsmarsch-Jingle aus der App, und sogar das ängstliche ältere Paar guckt hoch und die Frau lächelt ein bisschen, und auf dem Display erscheint, eingerahmt von einer Phalanx hüpfender roter Herzen, die Meldung: ‚Du bist in einer Beziehung!'.

„Du musst nichts bestätigen", sagt der Typ, während die Herzen langsam verblassen, „ich weiß schon, was du brauchst, und vielleicht kann ich ja sogar dafür sorgen, dass dein Kumpel Jason Alexander bald wieder an der Gesellschaft teilnehmen kann, wenn auch eher nicht als Comedian, denn sowas brauchen wir hier nicht mehr, wie du verstehen wirst, und ich werde dir noch einen Gefallen tun und niemandem melden, dass du mit wildfremden Männern rumgemacht und Kontakte zu Systemfeinden gepflegt hast, die du selbstverständlich einstellen wirst, wenn wir zusammenleben, denn du wirst dich auf unsere gemeinsame Zukunft konzentrieren, eine großartige Zukunft, du wirst ein ganz anderer Mensch sein, aber darüber sprechen wir gleich nochmal im Detail, ich warte in deiner Wohnung."

„Was redest du für einen Scheiß?", ruft sie, und das Paar vorne im Bus guckt jetzt erschrocken und rückt enger zusammen, und als sie wieder auf die Watch blickt, sieht sie, wie das Dunkel hinter seinem Kopf sich lichtet und sie erkennt das Poster über ihrem Bett, das mit dem Ufo, und mit Entsetzen wird ihr klar, dass nicht nur das Dying Deer ein verbrannter Ort ist, sondern auch ihre Wohnung, ihr ganzes Leben, sie selbst, dass die Macht des Systems viel größer ist, als sie dachte, und der Typ sagt: „Ich heiße übrigens Lemmy, mein Schatz."